• O INVENTÁRIO DE •
JULIO REIS

FERNANDO MOLICA

• O INVENTÁRIO DE •
JULIO REIS

EDITORA RECORD
RIO DE JANEIRO • SÃO PAULO
2012

CIP-BRASIL. CATALOGAÇÃO NA FONTE
SINDICATO NACIONAL DOS EDITORES DE LIVROS, RJ

M733i   Molica, Fernando, 1961-
        O Inventário de Julio Reis / Fernando Molica. – Rio de Janeiro:
        Record, 2012.

        ISBN 978-85-01-09784-2

        1. Romance brasileiro. I. Título.

                            CDD: 869.93
12-0710   CDU: 821.134.3(81)-3

Copyright © by Fernando Molica, 2012

Capa: Carolina Vaz

Texto revisado segundo o novo Acordo Ortográfico da Língua Portuguesa

Direitos exclusivos desta edição reservados pela
EDITORA RECORD LTDA.
Rua Argentina 171 – 20921-380 – Rio de Janeiro, RJ – Tel.: 2585-2000

Impresso no Brasil

ISBN 978-85-01-09784-2

Seja um leitor preferencial Record.
Cadastre-se e receba informações sobre nossos
lançamentos e nossas promoções.

EDITORA AFILIADA

Atendimento e venda direta ao leitor:
mdireto@record.com.br ou (21) 2585-2002.

Para Adelina e Mário, meus avós

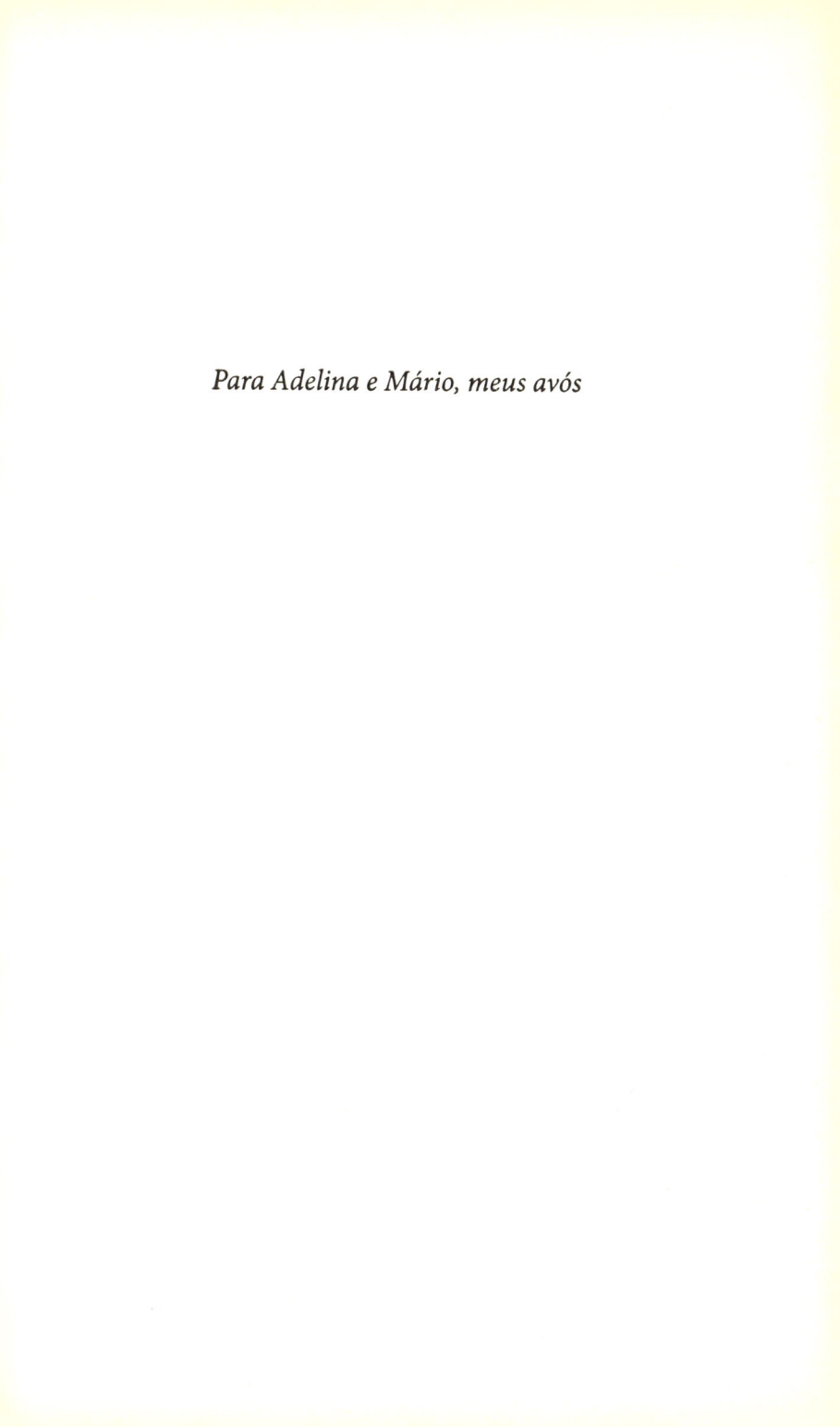

Vigílias

O calor contornava barreiras como a janela que, fechada, tentava impedir a invasão daquela quase incandescente luz amarela. Os fiapos luminosos que se imiscuíam pelas frestas de madeira reafirmavam uma vitória — não havia como escapar do abafamento provocado pelo sol da tarde que se impunha à trincheira formada pela fileira de casas dispostas do outro lado. O barulhento ventilador Electrolux tornava-se quase um aliado do inimigo ao disseminar o ar pesado por todo o ambiente. A quentura daquele verão parecia isolar o quarto, ocupava todos os seus espaços. Pouco ali penetrava, apenas fragmentos da vila, da rua, do mundo. Sinais esparsos, sons pouco definidos, distorcidos; palavras soltas, desconexas. Tudo se derretia, perdia forma, se mesclava a outros elementos: os choques das panelas contra o mármore da pia, o jorro da água que saía da torneira, a percussão da palha de aço que, empunhada por Lilina, removia restos de feijão, arroz e gordura.

O chiado do rádio de alguma vizinha que alardeava canções populares. Um ou outro grito de criança, um latido. Sintomas de broncas, brincadeiras, sustos, um chute, um gol, uma pipa cortada. Ecos dispersos, desconcertados, fundidos. Seria impossível determinar a origem exata de cada ruído, de cada parte do todo. Partículas de poeira dançavam suspensas em fachos dourados que atingiam o chão de madeira, a colcha de chenile, o armário revestido de fórmica. Sentado na cama do quarto, Frederico sentia a trilha que o suor abria a partir do alto de sua cabeça. As gotas desciam pelas têmporas, contornavam as mandíbulas até chegar ao pescoço e ao peito magro. Não fazia questão de enxugá-las. Preferia se imaginar apartado, imune aos efeitos do verão e dos barulhos daquela tarde. Como se recolhido a uma tenda, teimava em resistir à temperatura, aos gritos, aos sons do rádio, à incompreensão, à lógica da rotina doméstica reafirmada pelo jorro de água sobre as panelas. Erguera em torno de si uma espécie de bolha semelhante à que, vira na TV, permitia a vida de uma criança cujo organismo seria incapaz de resistir às ameaças dos micro-organismos dispersos pelo ar. Sua bolha não era física, visível, palpável, mas ninguém — filhos, netos, vizinhos — duvidava de sua existência. Todos conheciam a necessidade de respeitar aquele exílio voluntário que ele volta e meia construía. Era apenas a última de uma sequência de bolhas em que, ao longo dos anos, se protegera. Casamatas em que cultivava anticorpos contra a pobreza, a vulgaridade, a mediocridade do serviço público malremunerado. Barreira que também o resguardava de alguns dos sucessivos problemas ligados ao casamento, à mulher, aos filhos — tantos, meu Deus. Óbices que ao longo da vida o impediram de aprofundar seus estudos, de tornar-se um pianista. Não conseguira frequentar aulas regulares, sequer amealhara o suficiente para adquirir um piano de armário. Chegara a alugar um destes para o pai que, na velhice, fora morar com eles na casa da Sousa Cerqueira. Morto o pai, foi-se o piano, um luxo, uma afronta, reclamava a Lilina, mulher com os pés cravados no chão, depositária de todos os medos e aflições, incapaz de perceber a grandeza das melodias e dos acordes que o retiravam daquelas sucessivas e pobres casas de Piedade, nas ruas Sousa Cerqueira, Lima Barreto, Belmira. O revezamento de endereços era apenas ilusório, ele não saía do mesmo lugar, dos mesmos limites. Velho, não podia mais fugir em sua moto, procurar consolo em uma ou outra corista ou polaca. Construíra as bolhas da mesma forma com que, agora, ousava lançar mais uma ponte. Era preciso ao menos tentar quebrar outros obstáculos, estes, mais fortes, construídos por mãos e cérebros poderosos, que não admitiam intromissões, visitas indesejadas. Sentia-se capaz de redigir uma nova carta, uma outra tentativa.

Excelentíssimo Senhor João Baptista Figueiredo
M. D. Presidente da República Federativa dos Estados Unidos do Brasil

Acompanhando de longa data a brilhante trajetória de V. Excia. à frente do Governo, tenho sentido, como a maioria do povo brasileiro, as medidas eficazes impostas em prol de um Brasil cada vez mais forte. Um dos setores mais em evidência é, sem dúvida, o que diz respeito à educação e às artes em geral.

Feitas as considerações acima, animei-me a traçar estas linhas a fim de expor a V. Excia. o seguinte: sou filho de um artista brasileiro, maestro Julio Reis, homem esse que desde a infância dedicou-se ao cultivo da música, pois foi pianista, organista, compositor e crítico musical — compôs durante sua existência inúmeras peças musicais, sobressaindo-se, entre elas, o poema sinfônico Vigília d'armas, *poema este que foi inspirado em quadro do célebre pintor francês Detaille.*

Senhor Presidente, como sou modesto funcionário público aposentado, nunca me foi possível realizar a execução de qualquer trabalho artístico deixado por meu pai, motivo pelo qual ouso solicitar a V. Excia. o patrocínio a fim de que Vigília d'armas *possa ser executada por alguma orquestra do Brasil.*

Quantas cartas mais seriam necessárias? Quantos envelopes, quantos cartões de aviso de recebimento, quantas respostas protocolares, quantas ausências de, até mesmo, respostas protocolares? Governadores, presidentes, embaixadores, diretores de jornais — mais uma vez, sentara-se diante da Olympia portátil emprestada pelo genro e demonstrara a agilidade aprendida em décadas de serviço público. Poderia datilografar sem olhar para o teclado, escrever de olhos fechados, até sem pensar. As palavras, afinal, se repetiam; a mesma história, o mesmo pedido. Mudanças apenas no cabeçalho, na forma de tratamento — Excelentíssimo, Ilustríssimo, Digníssimo. Depois, vinham os fartos elogios ao destinatário, a apresentação do pai, a introdução do pedido de ajuda, a renovação dos protestos de elevada estima e real consideração. Cartas, cartas, cartas. Cartas que ao menos lhe permitiam afastar-se por algumas horas daquele calor, daquela mediocridade, dos gritos de crianças e de suas mães, das discussões que transpunham as paredes daquelas 18 casas e invadiam o espaço público da vila. As cartas, assim como os programas da MEC captados pelo rádio de pilha forrado por courino vermelho, traziam alívio, renovavam a esperança; era como se, por alguns momentos, pudesse flutuar sobre as dificuldades, a falta de dinheiro, as mesquinhas preocupações com o dia a dia. A expectativa de uma resposta positiva lhe permitia suportar a sordidez das músicas vomitadas pelas rádios, barulheira sem sentido, desprovida de harmonia, de talento. Canções que traziam glória e dinheiro para analfabetos cabeludos que se sucediam em programas de auditório, homens que acumulavam fortunas berrando versos incompreensíveis, sem sentido ou inspiração. Uma ínfima parcela do que eles faturavam bastaria para levar ao palco uma orquestra de 42 professores capazes de executar aquela partitura que, ao lado de tantas outras, envelhecia no interior de um caixote preto que ele mesmo fizera. Um concerto de gala que revelaria o tesouro escondido por quase meio século e que representaria a compensação por tantas decepções e carências. Que redimiria sua vida previsível e sem graça, marcada pela alternância de repartições, de incontáveis chefes, de uns poucos subordinados. Um resgate do tempo em que sonhava repetir o pai, tornar-se músico, encantar plateias, conquistar cantoras e atrizes. Noite que o reabilitaria até diante dos filhos, netos, genros, noras, vizinhos e de Lilina. Todos eles perceberiam o porquê da distância, da frieza, da dificuldade para exercitar o papel de pai e de marido. Filhos, genros, noras, netos, Lilina: agora vocês entenderiam, não podia furtar-me à missão maior, ao compromisso com meu pai, com a música, com a arte. Agora vocês compreenderão meu distanciamento, minhas ausências, a dedicação ao piano, minha ojeriza aos batuques, ao carnaval. Tudo isso era em nome de algo maior, que em tudo suplanta esta vidinha apertada, essas casas, esses gritos, essas rádios, esses tambores e essa histeria. Vocês todos irão comigo ouvir a obra de meu pai, abriremos crediário na Exposição, na Mesbla, reencontrar aquelas notas, aqueles acordes que, rapazola, ouvira enfurnado em uma das cadeiras de primeira classe da plateia do Lyrico, um programa organizado pela Sociedade de Concertos Sinfônicos. Como gostaria de poder dar vida àquele conjunto de notas, fusas, semifusas, colcheias, bemóis, sustenidos. Não desistiria de tentar voltar a ouvir os sons criados por seu pai.

compraremos roupas e sapatos novos, partiremos de táxi até o Municipal. Basta uma resposta, uma carta, um sim, um aperto de mãos.

Frederico não conseguia ler a intricada partitura de *Vigília d'armas*, seus precários conhecimentos musicais faziam com que se limitasse à execução de peças ligeiras, triviais. Isto, quando dispunha de um piano. Mas tinha certeza da qualidade da obra deixada por Julio Reis. Ouvira elogios da boca daquele famoso maestro — fora levado ao encontro por um de seus netos, jamais esqueceria o veredito: "A obra do seu pai é inspirada, poética, merece ser executada." Naquela noite, estimara o fim de sua luta. Atravessara a passarela sobre a Estação de Piedade com a certeza de que aquela sinfonia voltaria a ser ouvida em algum teatro ou mesmo em um grande concerto ao ar livre. O maestro era um homem conhecido, famoso, titular de uma sinfônica. Obra inspirada, poética — claro, em breve iria para as estantes dos músicos. Mas, depois daquela conversa, o maestro sumiu, deixou de atender ligações, parecia não receber os muitos recados. Seria preciso fazer novas cartas, novos pedidos. Necessário também reforçar as apostas, acompanhar os jogos, os prognósticos, acalentar os sonhados 13 pontos. Acertaria os resultados das partidas, as zebras, ganharia na loteria esportiva, faria a orquestra entrar em campo. Não queria dinheiro, pagamento de direitos autorais. Desejava apenas

Eu mal conseguia acreditar no que lia. Não era possível, não havia motivo para aquilo; o que explicaria a ofensa, os xingamentos tão descarados? Como assim? Como aquele portuguesinho tivera a petulância de escrever tamanha nojeira? Como uma editora brasileira era capaz de admitir semelhante agravo não apenas a mim, mas a outros intelectuais, jornalistas, artistas? O que teria feito o Quaresma autorizar que sua editora chancelasse aquele monte de estrume? Como permitir que um estrangeiro viesse ao Brasil, fosse aqui bem recebido, frequentasse as melhores rodas, os mais finos teatros, desfrutasse das mais doutas companhias para, ao fim, despejar sobre todos o produto de sua mente doentia, cérebro que parecia ter sido amalgamado ao intestino? Mais e mais amigos chegavam, formavam um círculo na calçada da Ouvidor, à porta da Livraria Garnier. Ao centro do grupo, eu relia cada trecho de *A mulata* em que era citado. No livro, o pústula do carlos malheiro dias — desde o episódio que eu e meus companheiros passamos a grafar seu nome com iniciais minúsculas — não se limitara a ofender-me, desandara a jogar na lama a minha família. Eu era chamado de artista pobre e desgraçado, obrigado a sustentar mãe e irmã; "...trabalhava mais para elas do que para si, compondo valsas, *romanzas*, fantasias...".

— Ele merece que lhe partamos a cara — disse o Mallio.

— Isto é pouco. Este galegaço, este reles engraxate literário tem que ir a ferros, deve ser, no mínimo, constrangido a voltar para sua terra, de onde nunca deveria ter saído — gritava Xavier Pinheiro, de punhos cerrados, pouco antes de arrancar o livro de minhas mãos e de cuspir sobre sua capa.

Músico como eu, Araújo Viana andava de um lado para outro, atravessava a rua estreita, murmurava respostas, agarrava as abas de seu panamá, o enfiava ainda mais na cabeça. Volta e meia abraçava um dos amigos, mas nada dizia, apenas resmoneava. Depois, parava diante da Garnier e disparava insultos contra o dias. *A mulata* tratava de Honorina, prostituta apresentada como representante de uma raça decadente e que desencaminhava Emílio, jornalista de boa família. O livro devassava um Rio de Janeiro onde floresciam meretrizes, negros pervertidos e homossexuais. Em meio às injúrias à nossa cidade e à nossa população, ele arrumara um jeito de enfiar-me naquele chiqueiro, eu entrara de Pilatos naquela espécie de credo ateu. Bem que a Livraria do Povo anunciara aquele opúsculo como uma leitura de fogo. Sim, em boa parte à minha custa, que saía chamuscado daquela fogueira.

Gritadas à calçada, as frases não se completavam. "Tripeiro! Rapazola atrevido! Pintalegrete!" Busquei, no interior da livraria, algum abrigo da balbúrdia. Sentia tonturas, calafrios. Aquele inverno de 1896 se apresentava mais rigoroso que o de costume. Fazia um pouco de frio quando cheguei para o encontro com uns poucos amigos. Mas agora, depois de tomar conhecimento do que havia sido publicado, eu transpirava, não estivesse em lugar público afrouxaria a gravata e tiraria o colete e o paletó. Onde já se viu? Como pode? Urdia vinganças, poderia falar com um ou outro senador amigo, recorreria talvez ao velho Ruy, que tanto gostava de receber-me em seu palacete de Botafogo. Quantas e quantas vezes não estivera em sua sala de música, a dedilhar seu belo e afinadíssimo C. Bechstein, a contar anedotas? Não, não iria incomodá-lo, o Conselheiro retornara da Inglaterra havia menos de um ano, não seria justo introduzi-lo em uma questão que, para ele, seria menor, paroquial. O problema teria que ser resolvido entre homens. Era um caso pessoal, assim deveria ser encarado e equacionado.

— Quebro-lhe os dentes, aquele sujeitinho há de aprender a não ofender brasileiros! - Meu grito surpreendeu quem estava na Garnier. Naquele momento eu, que tanto procurava manter-me sob controle, não consegui mais administrar meu ódio, deixei que ele irrompesse, lava capaz de dissolver mil homens como o coitado do Silva Jardim, tragado pelo Vesúvio. Levantei-me num salto, soquei a mesa e investi contra a Sublime Porta da Garnier, nem sob ela me curvaria. Altivo, eu queimava, exigia vingança e retratação. Queria sair dali numa busca que só cessaria depois de encontrar o agressor. Alguns, creio que Mallio, Viana e Pinheiro, adiantaram-se para me segurar. Ouvi os gritos, os pedidos de calma. Depois de muito esforço, convenceram-me a ir com eles até o Café do Globo, ali perto, na Primeiro de Março. Lá poderíamos conversar com mais tranquilidade, urdiríamos uma vingança que inviabilizasse a permanência do dias no Brasil. Amigos ofereceram-se para escrever artigos, instigar a opinião pública, manifestariam sua repulsa àqueles tardios arrotos de caráter colonial. Era preciso ter um pouco de serenidade, mesmo diante da ofensa, repetiam.

O ataque viera numa péssima hora. Os últimos anos tinham sido promissores, começara a firmar meu nome no restrito círculo da intelectualidade da capital. Nada mal para um paulista que só havia estudado música com a mãe; lições interrompidas, logo no início da juventude, quando fui mandado para o colégio interno em Itu. A música ao menos servira para amainar a solidão dos largos e quase intermináveis corredores do São Luiz. Contava com o incentivo do padre Taddei, que me estimulava a tocar em missas e em outras cerimônias da Igreja do Senhor Bom Jesus. Não deixava de ser uma forma de escapar daquele abandono, da dura rotina do colégio. Um sofrimento que seria amenizado com a vinda de minha família para o Rio de Janeiro. A mudança permitiu que eu me introduzisse em um universo muito diferente daquele a que me acostumara. Até então eu já compusera peças religiosas, uma *Ave-Maria* e até uma *Marcha triunfal* que foi executada em Roma, nas comemorações do jubileu do papa Leão XIII: padre Taddei exultara ao saber da notícia. Mas era pouco, não poderia apresentar-me ao Rio de Janeiro, à Capital Federal, apenas como autor de meia dúzia de carolices. Meus alunos de piano e a nomeação para o Senado me garantiriam alguns cobres, mas era preciso cavar outras trincheiras, imiscuir-me na vida artística e intelectual da cidade, avançar naquele terreno tão promissor e hostil. Graças ao Coelho Neto, consegui publicar artigos na revista *A Cigarra* que, para justificar o nome da publicação, não sobreviveria ao inverno. Precisava encontrar outro lugar para ancorar minhas colaborações, aceitaria trabalhar até de graça para jornais, escreveria sobre música, sobre arte. O nome Julio Reis precisava conquistar o direito de ser visto, com frequência, impresso, em letra de fôrma.

Era essencial fazer-me conhecido, o mundo tinha pressa, tornava-se veloz e ameaçador como os bondes elétricos que, aos poucos, substituíam os puxados por burros e causavam tantos acidentes. Não queria ser mais uma vítima do progresso, era preciso acompanhar seu passo, não perder o ritmo. O pêndulo do metrônomo seria obrigado a oscilar de forma mais rápida. Meu pai chegara a ser nomeado amanuense da Secretaria de Estado dos Negócios da Justiça pela Princesa Isabel; mas não havia mais princesa, imperador, monarquia. A troca de regime ajudara a frustrar meu sonho de obter uma bolsa que me permitisse um período de estudos na Europa. A carta de apoio do Carlos Gomes chegara tarde demais, no primeiro ano de uma confusa república, não encontrara como destinatário a mão bondosa do sábio e culto D. Pedro II, ele sim, um amante da Arte e do Belo. Deve ter sido lida em meio a resmungos por algum integrante daquele grupo de golpistas insensíveis, homens que se julgavam donos de uma inteligência superior, cultores de uma patética religião sem Deus. Jamais esqueceria o gesto do Gomes que, no entanto, acabaria revelando-se inútil.

De tanto insistir, conseguira editar diversas partituras, aqui e ali eram publicados elogios às valsas, polcas, mazurcas, *habaneras*, quadrilhas e aos *schottischs* e tangos brasileiros. A imprensa aplaudira minha decisão de dedicar a valsa *Lágrimas e preces* aos marinheiros mortos no naufrágio, no Uruguai, do couraçado *Soli-*

mões. A renda obtida com a venda dos primeiros 200 exemplares da partitura, impressa pela Casa Buschman & Guimarães, seria entregue às famílias dos mortos. A peça "impressiona e comove", chegou a dizer um jornal. Minha composição *Inspiração celeste* recebera elogios da revista argentina *El Mundo Artístico*. Mas era pouco, muito pouco. Passara dos 30 anos e ainda não compusera uma sinfonia, uma ópera, sequer um quarteto de cordas, obras de peso que dirimissem quaisquer dúvidas sobre meu talento e minha inspiração. Arriscava-me a encarnar, na vida real, o Pestana criado por Machado de Assis naquele livro que ele acabara de lançar. Um compositor que, apesar de todo o sucesso conquistado com suas obras populares, angustiava-se por não conseguir escrever peças clássicas. Sentia-me oprimido pelo passar dos dias, dos meses, o tempo corria contra mim. Aos 7 anos Chopin já compunha, aos 19, executou seu *Concerto de piano em fá menor*. Beethoven assinou seus primeiros trabalhos aos 11 anos, com pouco mais de 30 arrebataria o mundo com sua *Eroica*; Mozart, então, assombraria a Europa, sua fama começara a se espalhar desde muito cedo, havia composto aos 5 anos de idade. Que me cuidasse para não imitar Pestana e seus supostos sucessos *Candongas não fazem festa*, *Senhora dona, guarde o seu balaio* ou *Não bula comigo, nhonhô*. Eu teria que lutar não contra a falta de inspiração que atravancava meu colega fictício, mas contra o relógio, contra a pobreza, contra o ambiente musical, contra os círculos mais fechados, contra a incompreensão, contra a desconfiança de quem não me acreditava capaz de voos maiores. Eu mirava em Beethoven, Mozart, Chopin, mas me sabia mais próximo de Rodolfo e de seus amigos de *La Bohème*, artistas e pobres, consumidos pela frustração e pela miséria num inverno parisiense. Pelo que havia lido nos jornais, a ação da ópera, que estreara no início do ano em Turim, poderia muito bem ser passada no Rio de Janeiro. Não faltariam personagens para substituir o poeta Rodolfo, o pintor Marcello, o filósofo Colline e o músico Schaunard. Todos artistas cheios de entusiasmo e talento, todos consumidos pela pobreza, pela dificuldade de ascender a um lugar de destaque na produção artística e intelectual. O livrete do português colaborava para ressaltar minha miséria, minhas dificuldades, jogava-me em um sótão como o habitado pelos personagens de Puccini. Era como se me trancafiasse naquela pocilga, tentava me condenar ao desprezo, ao descaso de uma sociedade que, embora habitasse uma cidade imunda e infestada de doenças, orgulhava-se de sua invisível nobreza. Graças ao dias, todos aqueles esnobes poderiam rir de mim, de minhas dificuldades. O inclassificável escrevinhador nisto não errara, parte de meus parcos vencimentos era destinada a ajudar no sustento de minha mãe, Francisca, e de minha irmã, Julieta. Mas que mal havia em manter aquelas duas queridas mulheres?

Depois, eu, Mallio e Viana fomos de bonde até a Praça Tiradentes, as diatribes contra o ofensor viriam acompanhadas do bom *chopp* do Stadt München, casa do alemão Friederizi. Seria lá que nos divertiríamos com as respostas ao português estampadas nos jornais que começavam a circular pela cidade. De pé sobre uma cadeira, Pinheiro, que acabara de chegar, leu em voz alta e sob aplausos seu artigo em que acusava o autor daquele opúsculo miserável de ter, em São Paulo, roubado o anel de um advogado e deixado um rastro de infâmias pela cidade. No texto, disparava contra intelectuais ligados ao jornal *Cidade do Rio,* como Olavo Bilac e Luís Murat. Segundo Pinheiro, eles haviam acolhido o agressor. "E é esse bandalho que se atreve em publicar um livro, com o título de 'romance', para poder, canalhamente, nos atirar a lama de sua análise falsa, as protérvias mais indignas de seu cérebro de masturbador." Os parágrafos finais do artigo eram todos dedicados à minha defesa: "Moço pobre, com o peso e a responsabilidade de uma família, Julio Reis procura a sua subsistência na arte que o seduziu e o leva a ensinar o instrumento que conhece magistralmente." Abraçado pelos amigos e mesmo por desconhecidos que lotavam a cervejaria, eu cuidava de esconder as lágrimas que se misturavam ao *chopp*. Mas, depois, cairia na gargalhada diante de outro artigo, também lido em voz alta, desta vez pelo Peçanha, outro que se juntara ao grupo. "Somente um indivíduo como carlos dias, que nunca conheceu mãe e que jamais teve uma irmã, é que pode achar coisa de outro mundo ser-se amoroso com a mãe e dedicado e afável para com uma irmã." Inebriado por tantos copos e desagravos, fui dormir à casa do Viana. Uma parte da minha vingança estava nas ruas.

Aquela era sua arca dos tesouros. Tudo que mais prezava estava ali, na caixa preta de madeira que fizera para guardar o que restara da única herança deixada por seu pai. Muito se perdera, seu meio-irmão não se preocupara em guardar nada. Coubera a Frederico, depois da morte de Julio Reis, organizar tantas partituras, livros, revistas, recortes de jornais. Estes, sempre colados a uma folha, classificados e, quando era o caso, corrigidos. Seu pai não admitia falhas, nem as de composição e impressão. Tinha o cuidado de repará-las, não deixaria erros para eventuais pesquisadores. O "s" de Reis era reposto à pena sempre que surgia impresso com "z". O mesmo em relação a um "g" adicional e desnecessário colocado no prenome do tenor Emilio Sagi-Barba, um dos grandes nomes da cena lírica internacional que faziam temporadas no Rio. Julio Reis pressentia a chance de alguma imortalidade, tivera o cuidado de reservar e guardar papéis que, no futuro, atestariam sua vida, sua luta, suas obras, seu talento e mesmo seus fracassos. Deixara até um manuscrito em que narrava grande parte de sua história, cultivara a perspectiva de que os anos vindouros poderiam lhe ser mais generosos. Frederico estranhava o cuidado do pai em manter documentos que atestavam críticas e ofensas, como as feitas pelo escritor português. Se fosse por ele, aquelas infâmias teriam ido para o fogo. Como foram conservadas, não as queimaria, ao contrário, sentia-se obrigado a manter o acervo do jeito que fora deixado, era um modo de conservar a presença de seu pai. Décadas depois de sua morte, Julio Reis continuava a viver entre aqueles papéis amarelados. As partituras manuscritas guardavam sua letra firme e, talvez, alguns microscópicos resíduos do contato de suas mãos. Ele manuseara aqueles papéis, neles escrevera, deixara não apenas marcas de tinta, mas também vestígios de suores, de saliva. Havia ali muito mais do que impressões digitais, Frederico não duvidava de que seu pai, de alguma forma, continuava a respirar e a falar por meio daqueles documentos.

Ao manusear o conteúdo da caixa, Frederico vivenciava uma intimidade com um pai que perdera aos 32 anos de idade. Antes, ainda muito jovem, convivera com o fim de sua família; sua mãe se cansara da vida apertada, das ausências do marido e de sua dedicação ao trabalho no Senado, aos artigos em jornais, à composição musical. Julio Reis, mesmo quando morava na casa da Tijuca, era uma presença rara, mantinha-se isolado, curvado sobre o piano da sala. Mas, apesar da frieza e da sisudez, Frederico podia ouvi-lo compondo, testando notas e acordes. Depois de sua partida, os encontros se reduziram, os dois só voltariam a conviver quando o compositor se viu obrigado a morar com o filho na casa da Rua Sousa Cerqueira. Mas os muros construídos ao longo dos anos impediriam maior proximidade entre eles, a figura austera do pai, seu pouco apego a carinhos e a manifestações de afeto desestimulavam os contatos. A vontade de compor e as preocupações com o destino da música e com a divulgação de sua obra eram maiores e mais urgentes do que a necessidade de construção de um relacionamento mais efetivo com o filho. O personagem — o músico e jornalista — é que fora viver na casa de Piedade. Frederico precisou esperar pela morte do pai para dele acercar-se. Por meio daqueles papéis, conseguia, enfim, com ele conversar. A caixa também lhe permitia fugir da vida burocrática de funcionário. Fora roupeiro da Casa de Detenção, trabalhador classe D, escriturário. Tivera uma vida confinada aos relatórios, às queixas de Lilina, aos amuos dos filhos, à barulheira dos netos e da vizinhança. A caixa de madeira preta e o aparelho de rádio sintonizado na emissora que transmitia música clássica formavam um refúgio, encarnavam sua resistência, sua ligação com uma vida menos banal. Primogênito, cabia a ele a tarefa de tentar tornar vivas as criações de Julio Reis. Sabia que o teria ainda mais próximo se fosse capaz de montar suas óperas, divulgar suas composições e livros. Desta vez, não perderia seu pai para os palcos, jornais e ensaios; quanto mais fizesse por sua obra, mais o teria por perto. Caberia a ele cuidar da herança e da permanência daquele pai tão presente depois da morte.

Julio Reis morrera, fora esquecido, virara uma pequena e rara referência em alguns compêndios especializados na música brasileira do início do século XX. Mas, quando aberta, a caixa tinha o poder de torná-lo vivo, às voltas com suas composições, seus textos, seus livros, suas angústias, suas ferinas observações sobre a degradação da arte musical. De lá, continuava a espernear contra os que ousavam mudar a forma de se compor. Frederico lia os recortes aos poucos, um a cada dois ou três dias ou um por semana. Agia como se as críticas e comentários tivessem acabado de ser publicados. Queria desfrutar da sensação de ser contemporâneo daqueles textos, isto aumentava a proximidade com o pai. Era como dialogar com ele ou acompanhá-lo às apresentações de cantores e bailarinos célebres no mundo inteiro. Via-se diante de Emma Carelli, Tamaki Miura, Rosa Raisa, Beniamino Gigli, Maria Gay, Isadora Duncan, estrelas dos palcos cariocas; desfrutava de noites intensas no Lyrico, no

Palace, no São Pedro, no Municipal, todas seguidas de largas comemorações em cafés e restaurantes.

Condenado às matinês, aos concertos gratuitos promocionais, imaginava-se em plateias nobres, a ouvir os melhores intérpretes, a flertar com as mais lindas mulheres. A leitura de um recorte de jornal era suficiente para fazê-lo sentir-se ao lado do pai na montagem de *O Guarani*, levada pela Companhia Lyrica, em abril de 1906, no Teatro São Pedro, que fora, por três vezes, destruído por incêndios. Ao lado de Julio Reis, Frederico via-se saltar de um tílburi na Praça Tiradentes, antiga Praça da Constituição. Os dois seguiram em direção ao pórtico formado por três arcos de alvenaria que ficava sob a varanda de onde Dom Pedro II assistira à inauguração da estátua equestre de seu pai, o primeiro imperador do Brasil. Entraram no salão revestido de mármore, subiram alguns degraus e encaminharam-se para um dos 30 camarotes de primeira classe, todos forrados com papel nas cores azul e branca. De lá, tinham uma visão privilegiada do palco e de parte das quase mil cadeiras destinadas ao público.

As luzes da plateia foram apagadas. Frederico saudou a entrada do maestro Anselmi, observou seu cumprimento ao *spalla*, a ordem de silêncio embutida no levantar as mãos, a batuta em riste. Prendeu a respiração diante do movimento abrupto que determinava ao naipe de metais — trompas, trombones, tubas, trompetes, fagotes — a execução dos primeiros acordes da abertura da ópera, sopros que pareciam capazes de arrancar o teatro de seus alicerces, de arremessá-lo aos céus. Surpreendeu-se com a delicadeza das flautas que injetavam suavidade àquele arroubo inicial, emocionou-se quando, ainda no primeiro ato, Pery, o tenor Pietro Venerandi, revelava a Cecy sentir uma força indômita que sempre o levava até ela. Acompanhou os aplausos entusiasmados ao dueto, o bis que os solistas se viram estimulados a fazer. Nunca se esqueceria daquela noite, que vivenciara apenas ao ler a resenha sobre o espetáculo escrita por seu pai.

Sentado na cama, no quarto da frente da casa da Rua Belmira, concordava com os elogios de Julio Reis a Carlos Gomes, "a flor mais rara e mais perfumosa" das produzidas "na primavera eterna que veste os nossos campos e fecunda os nossos talentos". Fazia um coro silencioso com o pai quando ele, em 1908, ao lamentar que o São Pedro tivesse ficado quase vazio numa montagem de *Favorita*, de Donizette, atribuía o fato à presença de um brasileiro, o tenor José Vasques, em um dos papéis principais. Para o comentarista, o público tinha preconceito em relação aos nossos artistas — Frederico aquiesceu. Dois ou três dias depois, iria rir da violência de Julio Reis que, ao analisar um recital da pianista Irene Nogueira da Gama, não poupou a modernidade expressa em *Fête crétoise*, de Dimitri Mitropoulos. "Não entendemos patavina... Deve ser muito certo, muito perfeito; mas confessamos a nossa ignorância; não percebemos nada."

Isolado em seu quarto, Frederico dava razão ao pai, assumia suas bandeiras. Era a favor de Carlos Gomes, Beethoven, Puccini, Verdi, Chopin; contra Debussy, Mikhail Ippolitov-Ivanov, Satie, Scriabine e Villa-Lobos. Não poderia admitir uma modernização que roubava da música o encanto da melodia e a sutileza da harmonização. A vida podia se tornar mais cruel, dura e violenta, mas a arte deveria ser preservada da barbárie. Alinhava-se a Julio Reis no desprezo pela música fácil, que falava aos instintos mais baixos, os sambas, os maxixes, os batuques. Repetia as críticas ao destaque permitido aos integrantes de um conjunto chamado Os Oito Batutas, admitidos na sala de espera do Cinema Palais com seus lundus, corta-jacas e cateretês. Eles, que ainda seriam convidados para tocar em almoço para o casal real belga e, em 1922, se apresentariam em Paris. O que pensariam os franceses? A visão daqueles músicos instintivos comprometeria toda a imagem que se buscava construir de um país culto e civilizado.

Frederico incorporava ao seu repertório de indignações a luta em favor do artista brasileiro, condenado a morrer pobre, sem reconhecimento. Homens e mulheres que pelejavam para conseguir alguma migalha que apenas lhes permitisse mostrar sua arte, seu trabalho. Sim, seu pai estava certo ao discorrer sobre aqueles jovens, que não buscavam fortuna, "apenas o direito de partilhar com os seus o fruto de uma inspiração divina, centelha concedida a poucos entre os milhões e milhões de seres que se acotovelam na Terra, que brigam por um pedaço de pão, por um teto". Artistas que ficavam à míngua, desprezados pelos políticos, vítimas do pistolão, das panelinhas, frequentemente preteridos, injustiçados. A conversa com Julio Reis era boa, produtiva, alimentava ideias, planos e convicções.

Frederico também viajava ao lado do pai nas descrições que este fazia da encantada cena musical europeia. Era seu parceiro na observação da vida de compositores e intérpretes famosos mencionados em livros de Julio Reis. Trajetórias sempre descritas como dignas e amorosas, marcadas por gestos nobres e grandiosos — aqueles artistas não produziam beleza apenas em suas criações. Era como se vida e obra se fundissem numa mesma composição, numa grande e edificante ópera. Até a eventual pobreza de um ou outro personagem era tratada em tons épicos, eloquentes. Não eram grandes apenas na Arte, se mostravam também seres acima dos outros homens; iluminados, generosos, visionários. Naqueles livros, Frederico comovia-se com o gesto de Paganini de tocar no enterro do homem que, muitos anos antes, lhe dera um violino Guarnerius, comia e bebia nos saraus promovidos por Schubert, admirava-se do empresário que trancafiara Rossini em uma belíssima *villa* para que este concluísse seu *Il barbiere di Siviglia*, identificava-se com o tenor Julian Gayarre, que dormia sob as arcadas do Scala até ser descoberto por Donizetti. Já famoso, Gayarre, subira certa vez ao palco logo depois de saber da morte do pai, e cantou *Uma furtiva lágrima* "com tamanha e inigualável emoção". Frederico permitia-se sonhar a mesma vida imaginada por seu pai, amava suas musas, desfrutava das mesmas ilustres companhias, frequentava-lhes as casas, as festas. Percorria os passos narrados por Julio Reis na partitura de *Caravana celeste*, obra para 32 instrumentos.

Cantando, seguem pela Estrada de San-Thiago — por uma noite de luar os romeiros da Arte — os músicos, poetas, pintores, escultores, os mestres da palavra, todos à conquista da Glória — templo cujas portas abrem para o Infinito!

A viagem é interrompida pelas Visões da Saudade, da Esperança e do Amor — motivos que lhes inspiravam ardorosos poemas, formosas partituras, quadros emocionantes e vívidas esculturas! Trilhando o campo estrelado, mais adiante passa, em graciosa cadência, a Ronda das musas!

Entoando o Hino a Apollo, *a celeste caravana penetra no templo. Alvorece.*

Pianista amador, Frederico não conseguia ler todos os sons transcritos na partitura. Mas sabia identificar a intensidade dos movimentos, a estrutura dos compassos, a entrada de cada um dos instrumentos. Nada que lhe desse uma visão completa da obra, mas o suficiente para que tateasse o solo inicial de harpa do *Noturno*, a sequência, de clarins, fagotes e trompas. Depois, na *Marcha da caravana*, tenta harmonizar flautas, oboés, clarins, fagotes e trompas, que de um *moderato elegante* passam para um *largo religioso* anunciado pela chegada dos violinos, *cellos* e violas que se introduzem no solo da harpa. Na *Visão da saudade*, notas graves pontuam o sentimento dos artistas. Aos poucos, a escala se torna mais aguda, o diálogo entre os instrumentos se intensifica. Num *adagio cantabile*, cordas se entrelaçam, recebem o contraponto dos sopros. Com a mão esquerda, Frederico rege a *Ronda das musas*, o desfilar das cordas, a presença do oboé, o retorno da harpa. A mão ganha gestos mais fortes no *Hino a Apollo*, um *andante grandioso*, duelo entre harpa e sopros, entre estes e outros instrumentos de corda. As notas ficam mais próximas, o andamento torna-se ligeiro, músicos estão como num êxtase, no limite de suas forças, de seu talento, de seu esforço para executar aquela obra. Frederico fecha a mão esquerda, sustenta-a no ar na altura do rosto; com a direita, entreaberta, traça uma meia parábola, de baixo para cima, movimento concluído de forma abrupta sobre a cabeça. Encerra o concerto, fecha a partitura que repousa sobre a mesinha de cabeceira revestida de fórmica bege.

Do canto destinado aos taquígrafos, eu olhava em direção à janela por onde chegavam os ruídos, a gritaria, os relinchos, os sons de botas e ferraduras sobre o calçamento. Áurea, que vinha dos lados do Largo de São Francisco, alertara para a queima de pelo menos dez bondes que por lá faziam parada obrigatória. Parelhas tinham sido desatreladas, agitadores aproveitaram a indignação popular para propor que os veículos fossem virados e, depois, incendiados. Havia notícias de mortes que teriam ocorrido na Praça Tiradentes, de trabalhadores feridos, alvejados por policiais. Da minha mesa também podia ouvir os incessantes passos na escada de madeira que levava ao segundo andar do Palácio Conde dos Arcos, na Praça da República. Outros funcionários comentavam sobre a possibilidade de serão, de sessão extra, a manifestação gerada pelo aumento no preço das passagens dos bondes da Companhia de São Cristóvão iria repercutir no Senado. Levantei-me, acendi o lampião à minha mesa e fechei a janela. Compreendia os motivos da revolta, a dificuldade que a população teria para arcar com mais aquele aumento, mas estava cansado de tamanha agitação. A cidade parecia não conseguir manter-se quieta, a Capital fazia questão de ficar de prontidão, disposta a reagir ao primeiro desafio, ao primeiro provocador. Tudo era motivo para alguma balbúrdia. Militares, civilistas, monarquistas, trabalhadores, capoeiras, todos sempre a postos, prontos para promover comícios, arruaças, quebradeiras. Nem o Lyrico escapara à vocação da cidade para a anarquia. Havia dez anos, o interior do teatro fora destruído em meio a um conflito entre policiais e espectadores, estes, revoltados com a ópera *Dona Branca*, do português Alfredo Keil. O vexame se dera diante do autor, que regia sua obra, é de se calcular o dano que o incidente causou à nossa imagem. Depois, reclamávamos quando nos definiam como um país de bárbaros, de índios e ex-escravos. Mas é forçoso reconhecer que a baderna no teatro apenas refletia o que se passava nas ruas e até nos mares. Havia poucos anos, a cidade ficara refém de rusgas entre o Exército e a Marinha; na eventual falta de inimigos externos, nossos militares pelejavam entre si. Nós, moradores do Rio, que tratássemos de nos proteger dos bombardeios feitos por funcionários públicos fardados, um eventual chuviscar de bombas nunca poderia ser descartado.

Se nem músicos e a população em geral eram poupados, o que dizer dos bondes e da animália que os puxava? Imaginei até a necessidade de ir a pé para a Tijuca. O melhor era fazer as contas, ver se os trocados que trazia seriam ao menos suficientes para um tílburi que me deixasse em casa. O problema maior era Isabel, que, nos últimos meses de gravidez, estaria decerto preocupada com o atraso. Depois da minha chegada, me acusaria de ter feito outra ronda por cafés, redações de jornais e editoras. Como se fosse possível caminhar pela cidade conflagrada, trocar alguma prosa em meio a tiros, incêndios, animais soltos pelas ruas. A gestação agravara-lhe o mau humor, o descontentamento com aquela vida cheia de restrições, direcionada para uma improvável consagração do meu talento musical. Ela abrira mão de chás elegantes, das amigas; por minha causa, vivia em casa. Naquele estado, seus movimentos ficaram ainda mais reduzidos, pouco havia que fazer senão cuidar do lar e do enxoval do bebê. Eu procurava animá-la, prometia que em breve tudo iria mudar, só a Casa Bevilacqua me editara de 30 a 40 composições. No total, mais de 200 de minhas músicas tinham sido impressas, as partituras circulavam pela cidade povoada de pianos, animavam festas, contribuíam para realçar o suposto e sempre questionável talento ao teclado de jovens dispostas ao casamento. Aquelas edições haveriam de me render alguns cobres a mais. Eu sabia que não proporcionava a Isabel uma vida compatível com seus desejos; ela, uma mulher elegante, criada cheia de mimos e requintes, que escolhia a dedo seus vestidos e joias, a maioria trazida da vida de solteira. Comigo passara a viver como que exilada, deixara de frequentar, ausentara-se dos teatros. Eu a avisara, a previnira das dificuldades que viriam. Tanto que adiara ao máximo o casamento, prolongara o namoro para muito além do razoável. Além da ausência crônica de recursos, queria estar disponível para poder desfrutar de viagem de estudos à Europa, mas a mesquinhez e a insensibilidade das autoridades me obrigariam a trocar os conservatórios de Paris pelo matrimônio, pela modesta casa na Tijuca.

Isabel era uma jovem bonita, elegante, que se impunha nos salões com o balançar de suas pulseiras, com o desabrochar de seu sorriso largo. Que surpreendia desconhecidos com seus comentários equilibrados e até audaciosos para uma mulher. Ficara fascinado por ela, pianista amadora, profunda conhecedora da obra de grandes compositores. Com o tempo, tornara-se minha companhia nos teatros, nos concertos. Seria, sem dúvida, ideal para mim, desde que eu tivesse recursos minimamente compatíveis com aquele estilo de vida. Deus sabe o sacrifício que fiz para comprar alianças decentes e conseguir recursos para um casamento que não despertasse, nos pais da noiva, desejos de sequestrar a filha ao pé do altar e fazê-la retornar para o santo e abastado lar em que fora criada. Nossa união acabou sendo tardia, a paternidade me encontraria aos 38 anos, tinha até receios de como o filho encararia aquele pai com idade próxima à de um avô. Um filho que chegaria num mundo ávido por acelerar-se, que agitava-se. As novidades corriam com incrível rapidez, falava-se de uma revolução científica, tecnológica. Da Europa chegavam notícias de uma nova música, menos melodiosa, menos harmônica, ríspida e dissonante. Dura como a agitação das ruas, o tropel dos cavalos, o ruído das fábricas, de ritmos inspirados na monótona e contínua movimentação dos teares. Meu filho encontraria um Rio de Janeiro em muito diferente daquele que eu conhecera. Já não se podia andar tranquilo pelas ruas, a prefeitura demolira o Cabeça de Porco, foco de desordeiros, mas permitiria a construção de casebres no Morro da Favela, fingia não ver a pobreza que tomava conta do Morro de Santo Antônio. A cidade estava ficando entregue aos desocupados, aos capoeiras, àquela gente que cultivava música inferior, lúbrica, sem inspiração, sem beleza.

Meu pequeno varão chegou em meados do primeiro ano do novo século, em homenagem a um dos maiores gênios da humanidade, dei a ele o nome de Frederico. Que a harmonia e a beleza da música de Chopin inspirassem sua vida, ajudassem a trazer um pouco de alento e consolo, aplacassem a barbárie e crueza anunciadas pelos novos tempos.

Fora o lamentável incidente com o dias, que acabaria corrido do Brasil tamanha a revolta causada por suas ofensas impressas em forma de livro, o século até que não me terminara mal. O ilustre desenhista português Julião Machado aceitara ilustrar a partitura de *Cenas orientais*, eu me apresentara ao piano ao lado do irmão João, fora regente e solista de concertos no Club Americano e no Conservatório Livre de Música. Em todos, minhas composições ocuparam lugar de destaque no programa. Chegara a ser chamado de executante distinto; compositor inspirado e de fino gosto. Os recortes não me deixavam mentir. Jornais como *O Debate* elogiaram minha decisão de abandonar a trivialidade do gênero dançante para me dedicar a trabalhos de mais recomendação, o medo de me tornar um novo Pestana parecia afastado. O novo século se anunciava promissor, mas, bem o sabia, haveria muito a ser trabalhado e conquistado. Eu ainda não rompera de vez a desconfiança de parte da elite musical carioca, que fechava olhos e ouvidos para um compositor e pianista como eu, de origem humilde, sem sobrenome. Um funcionário público, jornalista, também com fumos de escritor. Tantos ofícios geravam, hoje percebo, dúvidas sobre minha capacidade de exercer bem pelo menos uma daquelas funções.

De alguma forma, minha presença no cenário musical incomodava, desequilibrava um jogo feito para ser jogado e desfrutado por uns poucos eleitos, filhos e netos de uma elite que remontava aos primeiros anos do Império, ao período colonial até. Apesar de todas as minhas conquistas, ainda era ignorado por muitos que definiam o gosto musical e o prestígio dos artistas na cidade. Havia quem relutasse em admitir minha existência, como ficou evidente naquele concerto de junho de 1899, no Conservatório Livre de Música. Remeti convites a toda a imprensa fluminense, mas só a *Tribuna*, o *Jornal do Brasil* e o *Rua do Ouvidor* deram notícia da apresentação, foram os únicos que enviaram representantes. Era como se os outros dissessem que nem de graça se disporiam a me ver e ouvir.

Mas não haveria do que me queixar em relação às críticas àquela apresentação. O *Jornal do Brasil* frisou que o "inteligente professor Julio Reis" colheu uma "larga messe de merecidos aplausos"; a *Tribuna* também registrou a excelente aceitação da plateia às minhas seis composições que então foram executadas. Publicou que o auditório me saudou "com prolongadas palmas".

A limitada consagração não seria suficiente para aplainar meus caminhos. As dificuldades continuariam a ser muitas. Também, quem me mandara investir em tantos campos, abrir tantas frentes? Por que imaginar-me contista, capaz de transformar em literatura uma inspiração que melhor se manifestava em melodias e acordes? O *Cantabile*, um modesto opúsculo em que entremeava contos e partituras, fora bem recebido. Nada, porém, que compensasse o cipoal de críticas recebidas no lançamento de outro livro, o *Ensaiando o voo*. Os jornais não haviam perdoado o romantismo que transpirava de meus contos, espinafraram frases como aquela em que eu descrevera a visita de um rapaz à sepultura da jovem com quem contraíra noivado. Para Rodolpho Theophilo, da *Crônica Literária*, expressões "de um romantismo piegas e rococó" reapareciam, a cada passo, sob minha pena. No *Mercúrio*, Osório Duque-Estrada, depois de classificar-me de delicado poeta da música, afirmou que eu estava muitíssimo afastado dos mais elementares princípios da arte literária. Logo ele, um impávido colosso, o homem que, na patética letra do Hino Nacional, fizera o Brasil deitar-se eternamente num berço esplêndido. Admito: exagerei ao dizer que o amante orvalhava com lágrimas sua falecida amada, mas por nada aceitaria a inveja e a covardia do ataque que a mim foi feito por alguém que, na *Cidade do Rio*, escondeu-se sob o pseudônimo de "Gata Borralheira". Do anonimato, sacou inacreditáveis ofensas, chegou a sugerir que minhas páginas tivessem o mesmo fim que os dejetos produzidos na cidade. "Saibam os leitores, e previnam-se, que a *obra* literária com que o referido músico assaltou-nos a paciência chama-se *Ensaiando o voo*, com certeza para ir à praia... da Saudade, onde o acúmulo do lixo requer a presença dos urubus famintos." Não contente, comparava o livro a um "monstruoso *bouquet* de flores podres" e aconselhava ao autor o "regresso sensato à sua rendosa obscuridade de compositor musical". Na folha em que colei os insultos, fiz questão de escrever: "Não consegui ainda saber o nome do infame que usa este pseudônimo. Fica esperado. Um dia, sabê-lo-ei e..." As reticências desaguariam no vazio. Nunca descobri quem foi o autor daquelas terríveis linhas.

A sessão extraordinária do Senado avançara pela noite. Passava das 22 horas quando pude guardar minhas notas taquigráficas na gaveta, pegar chapéu e paletó e andar em direção à Central, onde buscaria um tílburi que me deixasse na Tijuca. O horário justificava o gasto excepcional, os trocados recolhidos no fundo do bolso garantiriam o pequeno luxo.

Na pequena área nos fundos da casa, Frederico lixava uma peça de madeira. Aos 70 anos, orgulhava-se de sua saúde, das mãos que permaneciam firmes, fortes o suficiente para serrar, lixar, aparafusar. O modelo em escala reduzida da cama retrátil, que impediria a ocupação desnecessária de espaço durante o dia, estava quase pronto, em breve poderia inscrevê-lo no programa de televisão que divulgava e premiava inventores. Aquela era apenas uma de suas criações, todas incompreendidas pela família, que via apenas perda de tempo e de dinheiro onde ele enxergava a possibilidade de reconhecimento e de grandes lucros. Admitia que a geladeira de madeira não fora bem-sucedida, mas atribuía o fracasso à falta de estrutura doméstica — sequer dispunha de uma banca de carpinteiro. Com um pouco mais de recursos, o revolucionário eletrodoméstico teria funcionado. Assim como teriam bastado alguns pequenos apoios financeiros e, principalmente, palavras de estímulo para que suas turbinas feitas a partir de latas de leite em pó pudessem ter gerado energia capaz de iluminar parte da casa. Faltaram alguns detalhes e sobraram manifestações de descrédito.

O trabalho artesanal lhe garantia também alguma atividade, não suportava o tédio a que fora condenado pela aposentadoria. Quisera permanecer mais tempo na repartição, ao lado dos camaradas, das jovens secretárias. Mas não fora possível, chegara a uma idade em que sua ausência tornara-se compulsória. Além disso, como explicaria aos colegas a decisão de permanecer na ativa quando poderia ir para casa, desfrutar dos tranquilos anos de velhice ao lado dos parentes? Isto só poderia ser suposto por quem não conhecesse detalhes de sua tensa relação familiar, onde prevalecia uma calma apenas aparente, construída a partir da necessidade de uma convivência cada vez mais angustiante. Não suportava a silenciosa inquisição dos filhos que, adultos, não deixavam de, pelos cantos, se queixar da falta de cuidados e carinhos paternos. Lamentos apenas sussurrados e enviesados que recordavam a ausência de carícias, a indisponibilidade para brincadeiras, a falta de presentes até mesmo no Natal, a inexistência de um bolo nos aniversários, o desinteresse pela vida escolar, a impaciência, as broncas, o mau humor. Fiz o que pude, droga! Orientei os filhos para o respeito e para o trabalho, era o que me cabia garantir. Não havia, no orçamento apertado, sobras que me permitissem dar às crianças um estudo prolongado. Elas haviam sido matriculadas, a Lilina cuidara disso, aprenderam a ler, a contar, a escrever. Mas a escola não poderia ser para sempre, não éramos ricos, não havia como sustentar tamanho luxo, era preciso que os filhos, pelo menos os homens, ajudassem no orçamento doméstico. Queriam o quê? Chegar à universidade, como se tivessem sido gerados por milionários? Se tivesse dado trela a tantos sonhos, eles acabariam ficando à toa pelas ruas, jogando bola, soltando pipa, brincando de bolas de gude, de pião, expostos aos riscos da vagabundagem. Não, melhor que fossem para o trabalho. Era o que se esperava de uma família pobre, que morava em um subúrbio, numa pequena casa alugada.

Atribuía a maioria das queixas à influência da mulher. Lilina insistia nos cuidados com os filhos, mimava-os, preocupava-se, estimulava demandas, criava necessidades. Frederico queria apenas um pouco de paz, crianças eram capazes de crescer sozinhas, não precisavam ser regadas, afagadas, receber carinhos e beijos durante todo o dia. Fora assim que ele fora criado, assim veria seus filhos tornarem-se adultos. Reclamavam do quê? Tinham comida, cama para dormir, viam os pais todos os dias. Com ele fora muito pior, também se sentia frustrado. Quisera ser um músico, chegara a estudar um pouco de violino e de piano. Conseguira ter algumas lições com a avó, Francisca, a mesma que ensinara Julio Reis a tocar, que o transformara em um grande pianista. Mas a idade avançada da professora a impediu de manter as aulas. Frederico acabara obrigado a contentar-se com o mínimo, nunca passaria de um iniciante. Mirava-se no destino do pai, pianista, compositor, maestro e pobre. Um homem que, aos 60 e poucos anos, vestia ternos rotos, não tinha sequer como manter uma casa, nem mesmo em Merity, para onde se mudara após separar-se de Isabel. Frederico, por volta dos 30 anos, tivera que abrigá-lo, mais a madrasta, a portuguesa Maria da Conceição, e o meio-irmão, na Rua Sousa Cerqueira. A eles foram destinadas acomodações no fundo da casa, um quarto acoplado a uma pequena sala. Com muitos sacrifícios, alugara um piano para que o pai tivesse alguma distração, se exercitasse. Apesar da proximidade física, permaneciam distantes. Julio Reis passava a maior parte do dia calado, em seu quarto. Demonstrava simpatia pela nora, agradecia seus cuidados, elogiava sua comida. Mas evitava os vizinhos, procurava se proteger da barulheira das crianças. À noite, recorria ao piano. A convivência gerou alguma proximidade de Frederico com o pai, uma intimidade distante, fria, construída quase sem palavras, marcada por longas pausas. Frederico pouco se importava. Perdoava a falta de conversas, fora assim durante toda a vida. Entendia que Julio Reis se dedicara à música, era casado com ela. O piano e a composição se constituíam em mulher e filho, sua família mais íntima; era nas folhas pentagramadas e nos teclados que ele despejava angústias e esperanças, revelava confidências, desejos, ambições. Seu contato com o mundo seria intermediado pelas composições, estabelecido mais em notas do que em gestos ou palavras. Estas, apesar de toda a atividade jornalística e literária, pareciam-lhe insuficientes, por demais concretas. A música, por sua vez, era ilimitada, em uma mesma composição poderia expressar diferentes sentimentos, defender ideias, criar beleza. Nela, não havia fronteiras.

Acolhido pelo filho em Piedade, Julio Reis manteve-se como alheio ao mundo não ligado à música. Quase sempre calada, Conceição nunca deixou de considerar-se uma hóspede na casa do enteado. Procurava ajudar Lilina, mas intuía que sua presença ali incomodava, diminuía o espaço daquela família, ajudava a drenar seus parcos recursos. Aquela não era a sua casa. Depois da morte de Julio Reis, ela e o filho, Paulo Vitor, voltaram para a Baixada Fluminense. O quarto dos fundos passou a ser ocupado por Isabel, a mãe de Frederico, uma velha que em nada lembrava a elegante senhora que encantava seus interlocutores. Meio cega, vivia voltada para si e para os fantasmas que, aos poucos, tomariam conta de suas preocupações. Atribuía a demônios as pontadas que sentia pelo corpo — apenas beliscões distribuídos pelos dedos ágeis, e, para ela, invisíveis, de seus netos. Isabel seria depois levada para um abrigo no Riachuelo, a visita à avó se transformaria no passeio dominical, único e compulsório, de toda a família.

Décadas depois, restara a Frederico ocupar-se com lixas, serrotes e plainas. Concentrara expectativas na invenção da cama dobrável, o programa de TV prometia um bom dinheiro para os autores dos melhores projetos. O produto poderia ser patenteado, alguma indústria certamente se interessaria em fabricá-lo, ele talvez amealhasse quantia suficiente para a compra de um bom piano de segunda mão. Com os lucros sobre a venda da cama, seria até capaz de bancar a montagem de *Vigília d'armas*, estaria de bom tamanho. Tinha certeza de que, por mais recursos que viesse a acumular, não conseguiria sair da vila da Rua Belmira, lhe bastava a terrível experiência de alguns anos antes. O genro, que, com a mulher e os filhos, se mudara para uma boa casa nas proximidades, cedera para os sogros o apartamento em que antes morava. Frederico, enfim, havia conseguido sair daquela vila barulhenta, estava num bom imóvel, ali, bem em frente. Um prédio organizado, a portaria tinha um cheiro que transmitia uma sensação de limpeza. Pela primeira vez, em mais de quarenta anos de casamento, poderiam morar em um local silencioso, sem gritos de vizinhos, sem algazarra das crianças, sem crianças — receberiam apenas as visitas dos netos. A estes, ao menos, poderia dirigir algumas broncas, exigir tranquilidade. Teria paz suficiente para ler seu jornal, ouvir rádio, ver um pouco de TV. Mas Lilina começou a implicar com o apartamento. Ficou deprimida, alegou que não conseguia viver longe da vila, dos vizinhos. Sentia falta do barulho, da gritaria, das crianças. Na sua ausência, quem haveria de salvar o Zé quando ele fosse perseguido pela mãe, de chinelo em punho? Quem emprestaria uma xícara de açúcar ou de arroz para a vizinha da casa 9? Quem, em dezembro, daria os envelopes com o dinheiro das festas para o carteiro, o padeiro e o lixeiro? Quem escolheria a melhor bisnaga quando, por volta das três da tarde, a buzina da bicicleta anunciasse a entrega de uma nova fornada de pães, todos acondicionados na cesta de vime? Como iria distribuir os doces de Cosme e Damião em um edifício? Como exercer carinho e controle isolada em um apartamento lateral encaixado no terceiro andar de um prédio? E se passasse mal, quem iria socorrê-la? No prédio, os vizinhos ficavam todos de portas trancadas, não se falavam, dirigiam apenas os cumprimentos formais, o bom-dia, o boa-tarde, o boa-noite. Mas suas tentativas de argumentação foram desprezadas, sua voz, sempre baixa, não conseguia se fazer ouvir. Optou então pelo mais simples: deitou-se na cama e lá se deixou ficar, mal se levantava para ir ao banheiro, abrira mão até dos dois banhos diários. Os netos ficariam sem o mingau de maisena, sem a vitamina de banana, leite e aveia, sem a canja dos dias de alguma febre. Não ouviriam seus inúmeros alertas, seus conselhos, suas tentativas de desestimular saídas. Poderiam andar descalços, se arriscariam a ter o sangue transformado em água, efeito comprovado da exposição à friagem; iriam brincar na rua sem receber recados de que a avó estava preocupada, desfrutariam da possibilidade de se movimentar sem dar notícia de cada passo: da casa 2 para a 4, desta para a 13, para a 7, para a 9. Se quisessem, iriam também para ruas próximas, não haveria mais perigos iminentes e alardeados, andariam de bicicleta nas calçadas, jogariam bola na rua, tomariam banho de chuva, ninguém lhes recomendaria cuidado e atenção. Filhos e netos só a teriam de volta caso ela retornasse para a vila onde vivera os últimos vinte anos.

Ela venceu. Preocupado, o genro comprou uma casa na vila para, em troca de um pequeno aluguel, servir de moradia aos sogros. Lilina demonstrara força naquela disputa, provara ser mais necessária na manutenção da ordem familiar. De volta aos ruídos que tanto o infernizavam, Frederico perdera outra vez.

As mudanças na cidade pareciam ter agradado aos promotores de espetáculos líricos, que para cá não se cansavam de trazer seus artistas. Uma oferta até maior que a procura, o público se repetia nas plateias dos teatros, rostos e saudações não eram renovadas. Livre das epidemias e das velhas e carcomidas habitações do Centro, a Capital Federal, orgulhosa, exibia seu novo porto, suas avenidas largas e iluminadas como a Central e a Beira-Mar. Parecia que chegara o dia de o Rio de Janeiro se ombrear a outras tantas cidades do mundo, não teríamos mais que aturar o desprezo e a chacota dos argentinos, eles seriam obrigados a calar-se, a deixar de lado a cantilena sobre Buenos Aires, se renderiam à beleza da Avenida, à elegância das mulheres e dos cavalheiros, ao canto dos pardais que o prefeito Pereira Passos importara de Paris para tornar ainda mais atraente a nossa vitrine, ligação da Praça Mauá com a Praia de Santa Luzia, esta, uma das que acabariam aterradas pela fúria do progresso. Vinha dos pássaros a trilha sonora que tão bem completava o cenário formado pelas fachadas de mármore e cristal, pelos automóveis, pelos novos globos da iluminação elétrica. A velha cidade, pelo menos boa fração dela, fora posta abaixo. Tudo ocorrera como em uma daquelas radicais mudanças de cenário entre dois atos de uma ópera. Ao fechar-se a cortina, foram retirados os painéis que retratavam um Rio miserável, pontilhado de casas de cômodos e de pobreza, de vacas ordenhadas em plena rua, ambiente que salpicava de nódoas a capital de um Brasil que tentava se impor no conjunto das nações. À volta do intervalo, a plateia se deparou com novos elementos, o palco ganhou prédios modernos, iluminados, compatíveis com o progresso de um país que demonstrava sede de crescer. Obedientes à batuta do maestro-prefeito, grupos de elegantes senhoras e finos cavalheiros adentravam a cena, cantando a alegria de viver em uma nova e bela cidade. Como num coro, faziam loas e erguiam brindes à chegada de uma nova civilização — aqui, conquistada não com esforços cívicos, educacionais ou culturais, mas à força das picaretas que botaram abaixo um passado feio e constrangedor. Alguns retrógados criticavam a fúria demolidora do prefeito, diziam que ele parecia mais interessado em mostrar vigor e serviço à amante francesa com a qual desfilava pelas ruas. Havia queixas em relação ao número de imóveis arrasados, em torno de

1.800, falava-se que até 20 mil pessoas tinham sido postas à rua. Os autores dos lamentos esqueciam-se, porém, de falar da corja de maus elementos e de desordeiros que, graças à reforma, havia sido expulsa do Centro. Que se arranjassem pelos subúrbios, que seguissem o inevitável destino apontado pela linha do trem. Isto, em ordem, sem provocar tumultos. Aquele protesto contra a vacina tinha sido mais do que suficiente, colocara a cidade de pernas para o ar, estava de bom tamanho.

Nem tudo estava em paz. Dos mares nos chegaram mais algumas bombas e muitas e más notícias. Apesar da Abolição, ainda havia militares que acreditavam na força civilizatória da chibata. Como a tese era um tanto quanto impopular entre os chicoteados, houve nova revolta, nossas águas voltaram a ficar vermelhas, tingidas pelo sangue de batalhas entre patrícios. Não era lá muito fácil manter a tranquilidade diante da constante ameaça de problemas, mas havia que se reconhecer o embelezamento e a sensação de frescor e de ânimo proporcionados pelas reformas. Era possível acreditar no futuro. A abertura de espaços convidava ao *footing*, ao *flirt*, ao *chopp* nos restaurantes que expandiam seus limites à calçada, onde colocavam suas mesas e cadeiras. Aos domingos, jovens enchiam as alamedas do Passeio Público, lá desfrutavam da brisa que vinha do mar, passavam horas no café-concerto a conversar e a beber cerveja. Sim, havia aqueles aquinhoados pela sorte, que podiam desfrutar de tantos prazeres e paisagens. Os *sportsmen*, como gostavam de ser chamados. Homens de pouco compromisso com o trabalho, que não mais se importavam em exibir no rosto a pele amorenada pelo sol, desprezavam a eventual confusão com os pobres desfavorecidos obrigados a labutar ao ar livre. Era *chic* remar, revelar os músculos diante das moças que se aglomeravam no Pavilhão de Regatas de Botafogo ou no Estádio das Laranjeiras. Muitos, mesmo senhoras de família, arriscavam-se ao mar, frequentavam casas de banho na Praia do Flamengo e, ao amanhecer, podiam ser vistos com seus pesados trajes encharcados. Quem ainda não tinha um automóvel desfilava em landaus, cupês, vitórias e berlindas puxados por garbosos cavalos. Felizes os que gozavam os fins de semana em Petrópolis, filhos dos apaniguados da República ou dos que haviam enriquecido na farra do encilhamento e conseguiram manter pelo menos parte do dinheiro obtido em tamanha especulação. Meus hábitos eram bem mais modestos, pouco me sobrava para refeições às casas de pastos, onde, quase sempre ao lado do amigo Agripino Grieco, era obrigado a suportar a desafinação dos garçons que tinham o hábito de anunciar, cantando, os pratos disponíveis para os clientes.

Nossos teatros permaneciam atulhados de montagens trazidas pelas companhias de Billoro, Tornesi, Rotoli e Ciacchi & Ducci, que se revezavam nos palcos do Lyrico, São Pedro, Apollo e do novíssimo Municipal. Neles podíamos ouvir artistas como o incomparável Caruso, a bela Emma Carelli, a excepcional catalã Maria Gay, que encantara Londres, São Petersburgo e Milão. A simples notícia de que ela cantaria em uma das récitas de *Carmen* levou ao Lyrico uma extraordinária concorrência. Mas nem sempre era comum ver plateias lotadas e estrelas de primeira grandeza. Como não viviam apenas de aplausos, necessitadas de proventos pecuniários que lhes permitissem honrar seus compromissos, as empresas líricas tratavam de alternar seus espetáculos numa velocidade assustadora. Era preciso renovar as atrações, estimular o público a comprar bilhetes, dar às senhoras a chance de estrear seus vestidos. Lembro que, em 1908, a Companhia do Sr. Billoro levou à cena 16 diferentes óperas em uma temporada de um mês e seis dias. As novidades ajudavam a encher os teatros, mas a falta de tempo para os ensaios originava representações indecisas, sem a necessária afinação. Detalhes que não escapavam de meus ouvidos treinados, mas que decerto sequer eram notados pela maioria dos espectadores, muitos dos quais julgavam um tanto quanto cacete a necessidade de trocar a animação do *foyer* pelo comportamento sisudo exigido à sala de espetáculos. Daí a dificuldade de fazer com que o público respeitasse o horário das récitas. Naqueles primeiros anos do novo século, muitos e muitos inconvenientes insistiam em ocupar seus lugares depois do início da representação. Para desespero dos interessados em ouvir a música e acompanhar o espetáculo, a movimentação na plateia chegava a rivalizar com a ação que se desenrolava adiante, no palco.

Na virada daquela primeira década do século XX eu me encontrava quase que no mesmo lugar, minha situação profissional pouco mudara, continuava tentando multiplicar meu tempo. Dividia-me entre a taquigrafia no Senado, os artigos para jornais, as horas dedicadas ao piano e à composição. Este, um trabalho hercúleo que eu, tantas vezes, deixava para fazer no Palácio Conde dos Arcos ou, pela manhã, na redação de *A Rua*. Não era possível concentrar-me no trabalho na casa pequena de Merity, tendo ao fundo os choros de Paulo Vitor, um bebê que parecia tentar demonstrar ao pai compositor e regente a força de suas cordas vocais e o poder de seus pulmões. Desde pequeno procurava garantir vaga como solista em alguma futura montagem de uma ópera. Os choros e resmungos do menino acabavam com qualquer esperança de descanso. Não me lembrava de ter lido, em pesquisas sobre os grandes mestres da composição, qualquer referência a atribuições semelhantes.

Paulo Vitor era fruto de meu relacionamento com a Conceição, com quem fui morar pouco depois do fim do meu casamento com Isabel. Esta não suportara tantas carências e dificuldades, fartara-se de tantos adiamentos e promessas, da casa modesta, do dinheiro contado, do excesso de trabalho doméstico. Para ajudá-la, contava apenas com os serviços de Rosa, uma pretinha de 15 anos cujos préstimos havíamos alugado. Nada comparável aos 22 criados que serviam Ruy Barbosa em sua casa de Botafogo. Seria quase caricatural comparar minha vida com a do grande Ruy, dono de um palacete que dispunha de banheiro interno. Eu cometera o erro de levar Isabel a um dos almoços oferecidos pelo Conselheiro. O luxo e a elegância apenas ressaltaram a nossa constrangedora penúria; a sala de música do ex-ministro parecia ser maior do que toda a nossa modesta residência, perdida na Tijuca. De que adiantavam meu prestígio, meu nome nos jornais, se nada se traduzia em uma vida mais confortável? Nove anos depois do nascimento de Frederico, Isabel deixaria de fazer a pergunta que tanto marcara a nossa vida conjugal. Numa tranquila tarde de domingo, quando eu me preparava para uma vesperal no Lyrico, ela me comunicou a decisão de pedir que eu a deixasse. Se disse sabedora dos riscos, dos comentários que poderiam vir, previa que seria alvo de maledicências e chacotas, que mesmo nosso filho, Frederico, delas não escaparia. Mas não suportava mais dividir tantas dificuldades, não conseguia ter esperança num futuro com menos restrições. Foi um choque, eu jamais pensara nessa possibilidade. Estava consciente de todos os problemas, mas acreditava em uma mudança, na melhoria de nossa vida. Tentei argumentar, mas minhas palavras não tiveram qualquer efeito. Frederico, ela me disse, havia sido informado da situação e de seu inevitável desfecho. Para manter a casa, ela teria o auxílio do pai, um próspero comerciante cuja contribuição ao sustento do nosso lar fiz questão de recusar assim que nos casamos.

Sim, o mundo não era mais o mesmo. Naqueles novos tempos, uma mulher, uma dona de casa, se achava no direito de dizer ao marido que não o queria mais, que se arranjaria sozinha. Sentia-se preparada para enfrentar pressões e críticas, pouco se importaria com a reação dos amigos. Minha única saída era a porta da rua, não me fiz de rogado, atravessei-a. Deixei por lá filho, piano e bom naco de minhas expectativas de construção de um futuro mais aprazível. Cada vez mais minha trajetória divergia do caminho percorrido pelos grandes mestres; agora, seguiria sozinho. Apesar do choque, não deixei de comparecer ao teatro. Lá, na sala escura, envolto pela beleza dos sons e das harmonias, buscaria algum rumo, alguma concertação. De certa forma, agi como um religioso que, nos momentos graves, busca refúgio em uma igreja, ajoelha-se, reza, pede conselhos a Deus.

Naquela tarde, atordoado pela notícia da separação, busquei o rumo de meu templo favorito. No trajeto até o Centro, observei com atenção cada detalhe do bonde e das pessoas que nele estavam ou que passavam pelas ruas — o chapéu branco decorado com flores da senhora, a bengala do cavalheiro com bigode engomado *à la hongroise* ou posto a ferro pelo barbeiro, a menina de vestido rodado e laço de fita nos cabelos, o mascate que, numa calçada, vestido com paletó listrado e surrado, carregava nas costas seu baú repleto de tecidos, o garoto com roupas de marinheiro, o garrafeiro descalço com o cesto à cabeça, a preta baiana de cabeça envolta em pano e com tabuleiro lotado de doces deitado à rua. Naquela tarde, todos aqueles personagens me pareceram mais velhos, condenados ao desaparecimento, não resistiriam a tantas mudanças. Por quanto tempo ainda haveria bengalas, bigodes encerados e meninos com roupas de marinheiro? Muitos dos burros que puxavam os bondes haviam sido aposentados. De imprescindíveis, tornaram-se obsoletos, desprovidos de qualquer serventia, como os escravos que, passados mais de vinte anos da Abolição, ficavam perambulando pelas ruas, dormindo nas praças, imploravam por comida, por um lugar para dormir. De súbito, haviam perdido a função, a utilidade. Foi-se a ignomínia da escravidão, veio a indignidade do ócio, da falta do que fazer. Os quiosques tinham sido eliminados, tantos e tantos casarões do Centro foram postos abaixo, de residências de luxo haviam passado à condição de casas de cômodos, abrigos de miseráveis e de desocupados; depois, virariam um amontoado de pedras. O progresso se impunha com pressa, era violento, inconteste, arrasador. Em breve, como as ondas que chegavam aos pés do Outeiro, arrastaria profissões, modas, hábitos, costumes. Ao apear do bonde, olhei de relance para o meu próprio rosto refletido no espelho do motorneiro. Por um breve instante, também me achei idoso, ultrapassado. Encharcados pelo suor, fios de cabelo teimavam em escapar do chapéu e grudavam na minha testa, o calor fazia meus óculos deslizarem pelo nariz e deixava ainda mais evidente o anacronismo do colete com que eu tentava resguardar alguma elegância. A claridade ressaltava o puído dos meus trajes, meu rosto parecia ainda mais encovado; embutida no meu colarinho duro, a gravata *plastron* se assemelhava a um estandarte de algum exército derrotado, que acenava apenas para o passado. Percebia o quanto envelhecera naqueles cinquenta minutos de viagem. Na Avenida, apressei o passo em direção ao Lyrico, precisava de um ambiente seguro, um local onde pudesse me reconhecer e admitir que ainda estava vivo.

Não posso reclamar de minha primeira esposa. Suportou ausências e noitadas; compartilhou ou fingiu compartilhar meus planos e projetos. Aturou meu mau humor e minha dedicação ao trabalho no Senado, nas redações e em casa, onde também me fazia escravo de meu ofício. Isabel fechara os olhos às coristas, às mulheres que conheci nos teatros, nas coxias, nos cafés, damas cujo delicioso e ritmado arfar em muito superava sua capacidade de canto. A necessidade de nos mudarmos para Merity destruiu de vez a possibilidade de manutenção do casamento. Isabel não conseguia imaginar-se naquelas baixadas distantes, a depender de trens sujos e malcuidados — pressionado pelas dificuldades financeiras, eu também tivera que seguir o caminho indicado pelos trilhos da ferrovia. Mas a vida de minha esposa estava na Cidade, perto das luzes, dos bondes elétricos, dos automóveis, dos teatros, das amigas a quem divertia ao piano. Eu fui, ela e o menino ficaram. Arranjei-me com a Conceição, a portuguesa nada entendia de música, mas ao menos cozinhava bem, não reclamava da casa humilde ou da falta de empregadas, se calava ao invés de erguer a voz em tom de cobrança. Paixão? Não, não havia. Este sentimento ficaria reservado para minhas composições e, mesmo, meus escritos. Não haveria como vivenciar um grande amor em uma vida restrita à repartição, às redações e aos bondes e trens para Merity. Não desfrutaria de tempo nem de dinheiro para tais gozos, a paixão era um privilégio dos grandes e consagrados artistas.

Pelo menos uma vez por mês passava em casa de Isabel, deixava lá alguma contribuição para Frederico. O menino teria melhor criação se levado para um colégio interno, mas isto estava acima de nossas possibilidades. O rapaz — sim, um rapaz, estava prestes a completar 10 anos — puxara a mim. Era magro, tinha nariz protuberante, cabelos cacheados, parecia estar, dizia-me Isabel, interessado em música. Insistia em receber algumas noções básicas do teclado, demonstrava vontade de ir aos teatros, queria assistir a concertos e óperas. Prometi que o levaria ao reluzente Municipal, embarcaríamos em um daqueles bondes de luxo, adaptados pelo Botanic Garden para transportar o público dos grandes eventos. Para preservar os trajes elegantes, a companhia passou a cobrir os assentos com capas feitas de linho branco; muito apropriamente, a população passou a chamar aqueles veículos de "bondes de ceroulas". Não me lembro de ter cumprido a promessa feita ao meu filho.

Frederico não esboçou reação ao, no fim do jantar, saber de um caso de separação na família. O assunto que tanto mobilizava os que estavam em volta da mesa não pareceu afetá-lo. Ignorou as aflições de Lilina e dos filhos. Fixou os olhos no prato, nos restos de feijão, arroz e bife. Em silêncio, comeu o pedaço de pão com que sempre arrematava suas refeições e, sem pronunciar qualquer palavra, nem mesmo desejar boa-noite, deixou a mesa da cozinha, foi ao banheiro, onde ficou por menos de cinco minutos. Depois, caminhou até seu quarto. Tirou a camiseta branca sem mangas, as calças azuis, as meias; vestiu o pijama, apagou a luz e foi dormir. Repetia gestos de 60 anos antes, quando, num domingo à noite, ao perguntar pelo pai, soube por Isabel que ele não voltaria mais para casa, não moraria mais lá. "Lembra, meu filho, daquela nossa conversa?" Frederico lembrava, mas preferia que ela não tivesse ocorrido. O menino de

10 anos recebia a informação de que aquela não seria mais a casa de Julio, de seu pai. Porta de entrada, sala, sofá, oratório, piano, poltrona, cadeiras, lustres, tapete, cristaleira, jarras de licor, quadros, mesa, cozinha com cerâmica até a metade da parede, quarto do casal, cama, colcha, quarto de Frederico, armário de roupas, paredes azuis, paredes verdes, paredes amareladas, marcas de vazamento da chuva, telhas boas, uma ou outra telha quebrada, casinha no fundo do quintal — nada daquilo pertenceria mais ao universo de seu pai. Tudo seria desconectado, perderia o sentido com o qual Frederico se acostumara. As poucas árvores, as flores, aquelas rosas, as margaridas, o comigo-ninguém-pode. As três janelas voltadas para o quintal, as duas viradas para a rua. O portão da rua, o rangido do portão que, muitas vezes tarde da noite, anunciava a chegada de Julio Reis, ruído que acalmava o filho, que o protegia, que assegurava uma noite tranquila. Os muros não muito altos que sustentavam o portão e que demarcavam o limite da casa, da sua casa, da casa de sua família, da casa de sua mãe e do seu pai. A casa que desde sempre era de todos não seria mais a mesma casa. Frederico nunca vivera fora dela, sempre estivera ali, ao lado de sua mãe e de seu pai. Aquele portão continuaria a ser aberto e fechado, mas não mais daquele jeito, não produziria o mesmo barulho; o piano não mais receberia os dedos do seu pai, dedos de pianista profissional, dedos de compositor. Dedos que viravam as noites

tateando o marfim do teclado em busca da confirmação deste ou daquele som, desta ou daquela velocidade, da oportunidade de um determinado compasso. Dedos que hesitavam na escolha da intensidade de um trecho da composição, um *pianissimo*, um *mezzopiano*. A casa não mais estremeceria nos *fortissimo* ou nos *molto fortissimo*. Aquelas cordas deixariam de vibrar insistentes, repetindo notas, combinações de sons graves e agudos. Não mais estancariam em um acorde imperfeito, incompleto, que não abria caminhos para a continuação de uma melodia. Acorde que seria repetido à insistência, com dezenas de variações, até que seu destino fosse encontrado. Daquele piano não mais brotariam, pelo menos, não brotariam da maneira com que se acostumara a ouvir, os sons de músicas compostas por seu pai: *D. Juan*, *Alma em flor* e sua favorita, *Alvorada das rosas*. Ele aprenderia a tocar aquelas músicas, pediria à sua mãe para ensinar-lhe. Ela também poderia executá-las, mas não seria o mesmo, Frederico não mais as ouviria nascer dos dedos magros e ossudos de seu pai. Não mais ali, naquela sala, diante daquela parede azul, daquele piano emoldurado por aquele sofá, aquelas cadeiras e aqueles quadros, perto daquela mancha que indicava um vazamento no teto, fruto de uma ou outra telha quebrada. Sua mãe fora bem clara: seu pai não mais moraria com eles.

Remoía-se por não ter percebido que algo grave poderia ocorrer. Quantas vezes não surpreendera a mãe chorando, sozinha pela casa? Nos últimos tempos, acostumara-se a pegar no sono mais profundo antes de ouvir o ranger do portão que indicava a chegada do pai. Ele teria ou não retornado à casa? Quem sabe voltara a ficar retido no trabalho, a concluir algum artigo? Quem sabe perdera-se em alguma conversa mais longa, algum plano para o futuro? Quem sabe se, com a distração, tivesse deixado passar o horário do último bonde? Vida de artista, Julio Reis justificava; vida de artista, Isabel repetia, dentes trincados, a olhar para o chão. Vida de artista nos atrasos e nas ausências, vida de artista na constatação da despensa quase vazia, vida de artista no encarar cobranças do quitandeiro e do açougueiro, vida de artista na decisão de adiar a compra de novas roupas, vida de artista no encontrar marcas e cheiros que não os seus na roupa do marido. Atribulações da vida de artista que, gritadas, atravessavam paredes e portas para encontrar os ouvidos do menino. Vida de artista, Frederico diria na escola ao explicar a ausência do pai — logo ele, compositor, pianista — em sua apresentação no fim do ano.

Isabel lhe deu um abraço, garantiu que não houvera qualquer briga mais séria, mas as dificuldades típicas da vida impediam que ela e seu pai continuassem juntos. Ela sabia que situações como aquela eram incomuns, geravam comentários, fofocas, intrigas. Mas eles superariam os problemas, as consequências. O importante era que nada abalaria o amor dos pais em relação a Frederico. Claro, ele continuará a gostar muito de você, meu filho, não tenha dúvida em relação a isto. Sim, virá visitá-lo com frequência e fazia questão de lhe explicar pessoalmente o porquê daquela decisão. Ele estava muito atarefado, com muito trabalho a cumprir. Mas, assim que tiver um tempo, lhe chamará para uma conversa. Afinal, você já é um rapaz. E, filho, vou precisar muito de sua ajuda, agora você é o homem da casa. Frederico fez que sim, beijou a mãe e, no oratório, persignou-se e rezou por todos. Pediu a bênção, foi à cozinha, tomou um copo de leite e entrou no seu quarto. Descalçou os sapatos, tirou as meias, a camisa, a calça. Colocou a roupa de dormir e, para sua própria surpresa, não chorou. Anos depois, continuaria a lamentar as poucas visitas de seu pai e o descumprimento da promessa de lhe explicar o que ocorrera. Afinal, ele era um rapaz.

Como fazia todos os dias, Lilina acordara cedo. Fora fazer o café, dar início à rotina da casa. Ao esbarrar no travesseiro usado pela mulher, Frederico notou que estava úmido, era possível que ela tivesse chorado durante a noite, a notícia da separação teria sido ruminada ao longo da madrugada. Frederico levantou-se devagar. Primeiro, sentou-se na cama, pôs os pés no chão em busca do par de chinelos. De pé, abriu uma das portas do armário e, com esforço, de lá retirou a caixa que guardava o acervo de Julio Reis. Iria manusear alguns daqueles papéis amarelados antes mesmo de lavar-se e tomar o café da manhã. Ali, encontrou registros da estreia, em 1915, no Lyrico, de *Vigília d'armas*, sinfonia que integrava o conjunto *Poemas do luar*. Numa pequena nota, um articulista do jornal *A Luta* dizia ter ouvido os primeiros ensaios. De acordo com ele, a audição seria recebida "com muita simpatia pelos frequentadores dos Concertos Sinfônicos". Em entrevista à *Gazeta de Notícias*, Julio Reis relacionava a escolha da peça com a guerra que, desde o ano anterior, se desenrolava na Europa. Ao lado de um recorte de *O Paiz* de 22 de março, três dias antes do concerto, o compositor anotara algumas pendências. Era preciso consertar uma nota no segundo compasso; ainda faltavam cinco músicos dos 42 previstos pela partitura: dois trompistas, dois violinistas e um violoncelista.

O constrangimento de me ver — e de ser visto — na primeira fila das torrinhas desapareceu assim que a nuvem de gaze cor-de-rosa surgiu de uma das dobras da cortina azul e se impôs no proscênio. Não mais me queixaria do desprestígio, da inconsideração, e da ingratidão que voltara a se manifestar. Mais uma vez tivera quase que implorar por um convite, por uma cadeira. Depois de muito insistir, fora obrigado a contentar-me com um único ingresso para o setor mais barato, passaporte que trazia carimbada minha condição de representante de um jornal menor, pouco influente. Que me desse por satisfeito, me deleitasse com aquele pedaço de papel que me levaria não às alturas da glória com que tanto sonhava, mas ao último andar daquele teatro ainda novo; construção imponente, luxuosa, uma evocação da Ópera de Paris em seus mármores e dourados e que buscava simbolizar uma nova cidade, moderna, europeia, iluminada, cortada por avenidas largas, arborizadas, asfaltadas. Um Rio que fingia civilizar-se, mas que, eu bem sabia, em pleno 1916, continuava obtuso, colonizado, preso a um passado que exibia cicatrizes do domínio português, da escravidão, da ignorância e da brutalidade. Terra onde floresciam apaniguados e protegidos, terreno fértil para analfabetos macaqueadores que se deslumbravam diante de qualquer novidade chegada da Europa. Ignorantes que, embora tropeçassem na mais reles construção da língua portuguesa e ignorassem qualquer passagem de Beethoven, enrolavam a língua para elogiar Debussy, Scriabine ou Stravinsky. Todos os esforços eram despendidos na ânsia em ser tomado por moderno, até mesmo enaltecer aquela música feita com a sutileza e a graça de uma equação matemática, profusão de ruídos desconexos em tudo comparável ao bater dos ferros das indústrias. Eles, sim, eles, os donos da verdade, do poder, do dinheiro, artífices de uma conspiração engendrada para impedir a ascensão de novos e verdadeiros talentos. Porteiros do Olimpo, grotescos donatários de um suposto saber. Ignaros que iam ao teatro preocupados mais com a *toilette* das jovens e com o tilintar das taças que circulavam como bailarinas pelo Assyrio. O palco que lhes interessava não é o majestoso, onde Isadora Duncan brilhava, mas o do subsolo do teatro, onde todos se reuniam, aos gritos, antes, depois e até durante as apresentações. Lá, em meio às cerâmicas de cores fortes, à decoração pouco sutil, riam e falavam alto, alardeavam amores, enumeravam coristas, segredavam a espúria república que havia poucos anos ajudaram a impor ao país. O palco daquela corja era o que eles podiam pisar, comer e beber, não o iluminado pela presença daquela mulher. Bem instalados na plateia, frisas e camarotes, simulavam interesse pela dança ao lado de janotas que se apresentavam como críticos; boçais que, em troca de bons lugares, de jantares, de elogios, não se envergonhavam de arrendar a pena, de empulhar seus leitores, de dar fumos de Arte a manifestações débeis, primárias e mal-ajambradas que, como a varíola e a febre amarela, volta e meia tratavam de desmoralizar os ímpetos civilizatórios aportados por aqui. Eu fora de novo exilado nas torrinhas por minha independência, por minha retidão, minha inegociável devoção à Arte. Em nome d'Ela me sujeitava à humilhação das galerias, à companhia de estudantes, ao desprezo.

Mas tudo se fazia menor diante da visão daquela ninfa descalça que, livre das sapatilhas e da indumentária tradicional das bailarinas, envolta apenas por uma túnica esvoaçante, traduzia em gestos a música de um grande mestre. Isadora, a mulher que dias antes fora expulsa da Argentina por ousar dançar o Hino Nacional nua, enrolada na bandeira branca e celeste, revelava seu poder, sua força, seu encanto. Não, agora não mais me queixaria, não lamentaria as tantas agruras reservadas aos que se dispõem a sacrificar a vida em prol do Belo. Meus olhos estavam capturados pelos movimentos que expressavam as harmonias saídas do piano. Seus braços e suas mãos desenhavam as cenas que animavam o poema a que Chopin soube dar alma, era como se as notas tivessem sido escritas em seu próprio corpo. Isadora não dançava, evocava, avivava as fantasias de Chopin. Pudera eu estar agora na primeira fila da plateia, vestido com o melhor dos trajes da Raunier e não encolhido sob este ridículo fraque, negro à custa de pau-campeche e infusões de café. Quisera, ao fim deste maravilhoso espetáculo, apontar meus passos em direção aos camarins e lá estender uma braçada de rosas à mulher que flutuara sobre a madeira do palco. Rosas belas como as arremessadas em sua direção por aquele mulato gordo e vaidoso. Logo ele, pederasta conhecido e que se debruçava sobre o camarote para melhor se fazer notar pelo público e pela estrela. Tudo para confirmar que, sim, as flores saíram de suas mãos gordurosas. Aquelas rosas deveriam partir de mim; não seriam jogadas, mas entregues em meio a uma discreta e emocionada reverência em seus aposentos. De lá sairíamos, braços dados, rumo ao Restaurante Paris ou mesmo à Colombo, onde beberíamos do melhor *champagne* diante da inveja daqueles pobres-diabos que, como eu, viviam das empadas distribuídas às dez da noite. Falaríamos sobre a magia do Belo, do encantamento em mim produzido pelo maravilhoso espetáculo a que acabara de assistir. Assunto não faltaria: afinal, sempre sonhei animar com imagens meus poemas musicais, naquela noite percebera o quanto seriam valorizados se interpretados também pela orquestra que se desdobra do corpo de Isadora. Sim, tudo isso à melhor mesa da Colombo. Discorreria sobre a execução, no ano passado, no Lyrico, quase ao lado do Municipal, de minha *Vigília d'armas*, da boa recepção do público e da imprensa. Citaria, com os devidos cuidados para não passar por vaidoso e gabola, minha participação, meses depois, na divertida inauguração do Teatro Trianon, ali perto, na Avenida, quando um quinteto executou minha *Canção de Dafnes*, chamada de "deliciosa" pelo *Jornal do Commercio*. Quem sabe ela se dispusesse a ouvir algumas de minhas criações, quem sabe daria a este humilde compositor e escriba a oportunidade de, ao piano, dedilhar ao menos partes de algumas obras que teimavam em florescer naquele pântano de incompreensões e inveja? Quem sabe se encantaria, dissesse que, sim, uma daquelas peças seria sustentáculo de um de seus futuros voos pelos palcos internacionais? Tudo uma questão de oportunidade, de chance; da fortuna de se ter um bom traje, de flores e de uma cadeira decente no teatro.

Não, sabia que deixaria o Municipal a arrastar minha pobreza de funcionário público que almejava, no máximo, a uma passada no Chopp dos Mortos, ao Largo da Carioca. Iria de bonde até a Central do Brasil e, de lá, pegaria um trem que me deixaria em São Francisco Xavier, de lá, embarcaria em outro, da Estrada do Norte, até Merity.

Dizia-se que o Lyrico, na rua 13 de Maio, era um teatro decadente, em tudo suplantado pelo Municipal. Mas, naquela tarde, tudo parecia brilhar — veludos, espelhos, uniformes de porteiros, até mesmo a entrada revestida de ladrilhos. Não, não havia decadência. Ainda era o teatro que abrigara o camarote do Imperador, que conservava o palco pisado por Caruso, que lá cantara o *Rigoletto*, a *Tosca*, a *Manon Lescaut*. Aquelas mesmas paredes receberiam agora o impacto dos acordes de uma composição de seu pai. Saíra cedo de casa, almoçara antes das 11, não queria correr o risco de chegar tarde ao Centro. Isabel decidira ficar em casa, alegou que, havia quase um mês, combinara receber algumas amigas para um chá, não anotara a data do concerto, se esquecera da apresentação, as convidadas eram de cerimônia, não lhe perdoariam a descortesia de um adiamento. Que Frederico fosse, ele a representaria. Para demonstrar sua boa vontade, Isabel, na semana anterior, estivera na Parc Royal e lhe comprara roupas novas, queria que seu rapaz, de 14 anos, estivesse elegante naquela estreia. Ansioso, Frederico dormiu mal; assim que acordou, foi em busca de jornais, queria ver quais deles tinham noticiado a apresentação da sinfonia composta por Julio Reis. Pouco depois do meio-dia, enfiado em um costume escuro, aprisionado por um colete que lembrava os de seu pai, embarcaria no primeiro dos bondes que o deixaria na Avenida, nas proximidades do teatro. No caminho, releu, em *O Paiz*, na coluna Vida Social, uma referência ao evento: "Programa confeccionado com apuro, como se vê, e que será mais um sucesso que registrará a simpatia da sociedade." A notícia disputava espaço com informações sobre jantares e aniversários, a principal nota tratava da festa de aniversário "da galante menina Maria de Lourdes", que acabara de completar 2 anos. A economia de palavras na apresentação do concerto deu ao rapaz mais tempo de observar a cidade que rompia seus limites, se modernizava; pouco restara do Rio de sua infância. Ao chegar ao teatro, avistou o pai, mas só teve tempo de trocar algumas palavras com ele. Preocupado em responder a cumprimentos, Julio Reis pouco lhe deu atenção. Colocou as mãos em seus ombros e pediu sua compreensão, precisava ir às coxias, conversar com o maestro, dirimir algumas dúvidas sobre a partitura. Em breve estaria ao seu lado, na plateia.

Frederico foi para seu lugar, na segunda fila, assim que ouviu o primeiro sinal. *Vigília d'armas* era a terceira peça do programa, mas ele fazia questão de testemunhar cada detalhe daquela tarde. Sentou-se entre um estranho e três lugares vazios, seu pai ainda não voltara dos bastidores. No saguão, Julio Reis lhe informara que Conceição desistira de comparecer. A portuguesa não largava dos cuidados com Paulo Vitor, tampouco ficara entusiasmada de bandear-se de tão longe para assistir a um concerto, não gostava do ambiente solene, do teatro mofado, das músicas que não admitiam sorrisos ou bailados. "Por ela, eu ainda estaria a compor minhas polcas. Diz que são mais divertidas, servem à dança, rendem algum dinheiro. Ainda outro dia, estimulou-me a compor maxixes, veja só, meu filho. Eu a compor maxixes...", divertiu-se. Ao contrário do prometido, Julio Reis não ocuparia seu lugar na plateia, permaneceria nas coxias durante todo o concerto.

Décadas depois daquela tarde, Frederico ainda se lembrava do impacto sentido ao ouvir as primeiras notas da sinfonia composta por seu pai. Instrumentos de sopro, arregimentados pelo trompete, indicavam, *pianissimo*, a sensação de tristeza e de abandono que percorria o acampamento retratado na pintura de Detaille. O andamento insinuava o de uma canção militar, marcha que procurava traduzir não a perspectiva de glória, mas a quase inevitável derrota. Na capa da partitura, Julio Reis colara uma reprodução do quadro, *Le Rêve*. A imagem mostra soldados franceses, extenuados, deitados no intervalo de uma batalha, homens que seriam derrotados pelo exército prussiano. Na parte superior da tela, Detaille pintara o sonho de vitória daqueles militares que, entre as nuvens, surgiam garbosos, prontos para uma retumbante consagração. Ainda na capa da partitura, um texto procurava dialogar com a imagem.

> I. *Dorme o acampamento*
> *Muito ao longe ouvem-se as vozes das sentinelas.*
> II. *Antes que a Morte ceife aqueles milhares de vidas,*
> *O Sonho traz-lhes a esperança de uma próxima vitória.*

Na plateia, Frederico lembrava-se do quadro e do texto ao ouvir os ecos da guerra anunciados pela percussão, o desespero que surgia dos *cellos*, dos oboés, o vigor nascido dos tímpanos que, num *andante*, convocavam a presença dos violinos. Os sons emergiam, ganhavam consistência, os soldados em vigília retratados por Detaille pareciam levantar-se, dirigiam-se para a luta, para a guerra — os sopros assim o demonstravam. O jovem sentia-se regido pelo maestro, como se pairasse sobre a plateia, a obedecer às determinações daquele que, de batuta em punho, fazia surgir toda a massa sonora. Após os últimos acordes, se descobriria extenuado, atingido pelo andamento *fortissimo* imposto pelos clarins, trombones, fagotes, oboés, trompas e tímpanos. Acordes grandiosos que, ao derradeiro gesto do maestro, fizeram levantar o público que, de pé, ovacionava Julio Reis, gritava seu nome. Frederico não conseguia se mover. Todos aplaudiam, pediam a presença do compositor, queriam vê-lo no palco. Menos o rapaz, preso à cadeira. Unidas à frente do tronco, travadas sobre os joelhos, suas mãos permaneciam imóveis. Mesmo assim, sentia que manifestara um aplauso interno, imperceptível para as demais pessoas da plateia, mas de grande intensidade. Era como se todos os seus órgãos se remexessem, quisessem sair do corpo para melhor comemorar o sucesso daquela audição. Frederico via-se incapaz de reproduzir, com as mãos, os aplausos que buscavam irromper de suas entranhas.

Permaneceu paralisado durante as duas outras peças do programa, não conseguiu ouvi-las, sons da orquestra e gestos do maestro se confundiam em uma nuvem espessa, impenetrável. Aguardava apenas o final da apresentação para levantar-se em busca do pai. Conseguiu encontrá-lo em meio a uma roda que, em torno dele, se formava no *foyer*. Frederico caminhou em sua direção, queria abraçá-lo. A três passos de Julio Reis, parou, temeu o carinho. Será que seu pai receberia bem aquela demonstração pública de afeto? Sequer conseguia lembrar-se do último abraço que com ele trocara. Mesmo em casa, quando moravam juntos, poucas vezes haviam se excedido nos cumprimentos. Acostumara-se, desde cedo, a beijar a mão do pai no pedido de bênção. Depois, passou a achar normal apertar-lhe a mão, era um rapaz, afinal. O repertório se esgotava com uma leve carícia que, quando criança, recebia na cabeça. Gesto abandonado havia alguns anos, Julio Reis por certo acreditava que o filho não estava mais na idade de receber aquele tipo de afago. Na dúvida sobre como saudá-lo após a consagração dos aplausos, Frederico preferiu não romper o círculo em torno do pai. Limitou-se a olhar para ele, a acenar e a sorrir. "Parabéns", balbuciou. O compositor levantou as mãos, fechou-as, levou-as à altura da face em um gesto de comemoração e retribuiu o sorriso. Com o queixo, apontou-lhe uma mulher num vestido azul-marinho que estava ao seu lado. Frederico viu quando seu pai disse algo para ela, que parecia ter, no máximo, uns 30 anos de idade. A mulher trocou um rápido olhar com Julio Reis, pediu licença e caminhou em direção ao rapaz. Apresentou-se como amiga e admiradora do músico, encostou o leque na testa de Frederico e ressaltou sua semelhança com "o maestro". "Espero que tenha herdado os talentos do pai, todos eles, meu jovem", disse. Instantes depois, foi a vez de seu pai pedir licença aos que o cercavam e ir até ele. Apertou-lhe a mão; fez um breve carinho em seu ombro. Depois, olhou para os amigos e confidenciou ao filho: fora constrangido a acompanhá-los até o Hotel Avenida, onde todos esperariam o maestro Francisco Nunes e o *spalla*. Seria um grupo reduzido, de adultos. Orientou-o quanto à volta para casa, os bondes, que relatasse à sua mãe o sucesso daquela tarde. Depois, virou-se, deixou que a mulher de azul enlaçasse seu braço direito.

— Tenho, meu amigo, tenho acompanhado não a evolução, mas a *ebulição* da nossa Arte!, rodeada dos fogos acesos das mil e uma escolas que nascem como cogumelos, do egoísmo, da vaidade, da inveja! A orientação dada à Arte pelos modernos desloca-a, como uma estátua, do seu pedestal, como um edifício do seu prumo!...

Esta foi a primeira declaração que Beethoven, ou melhor, seu espírito, fez sobre a tragédia que então começava a se abater na música. A entrevista não passava de uma ficção criada por Jotaérre, o cronista em cujo nome eu fingia me esconder nas páginas de *A Rua*. Um esconderijo nada original, a óbvia referência ao meu nome artístico revelava mais do que ocultava o verdadeiro autor daqueles textos. Mas me sentia mais liberto ao assinar aquelas colunas com pseudônimo, dele me valia para espinafrar todos os que, por ação ou omissão, conduziam nossa Arte para a beira de um precipício de dimensões alpinas. O tema não me era estranho, sobre ele havia publicado meu livro anterior, *À margem da música*, que merecera elogiosos e entusiásticos comentários nos principais jornais da cidade. *O Paiz* chegou a classificar-me de "pianista exímio, compositor festejadíssimo e crítico musical abalizado e arguto". Mas, em *Música de pancadaria (Traços e troças)*, volume em que reuni os textos de Jotaérre, eu fui além. Decidi centrar todas as minhas forças na luta pelo bom combate, faria um manifesto contra tudo o que impedia nosso crescimento musical: a falta de divulgação dos nossos compositores, a edição preferencial de peças estrangeiras, o desrespeito aos músicos nos salões, a desigual concorrência levada a efeito por diversões fúteis, a invasão dos ritmos dançantes, os críticos despreparados e a prevalência, cada vez maior, da música feita sem música. Era este o tema principal de minha entrevista metafísica com aquele gênio da composição, homem que dera tons definitivos à música de orquestra. Decidi valer-me dele para ferir aqueles agressores da humanidade. Sim, quem destruía a música não passava de um potencial homicida, alguém capaz de tolher o crescimento de uma das mais belas manifestações do homem. No texto eu disse que a conversa ocorrera na residência de um amigo, fervoroso adepto do ocultismo, onde, em uma noite, resolvi evocar o grande Mestre. Isto, depois de religiosa concentração, e com auxílio de um médium magnífico aparelho para receber os que habitam os espaços e que prontamente acusou a presença de Beethoven! Feitas as saudações de praxe, passamos à entrevista. Aqui reproduzo alguns de seus trechos.

— Então, pelo que acabo de ouvir, o Mestre julga em decadência a sua bela Arte...

— Em decadência, não; em ruína completa. Campos que produziram urzes, não sendo arroteados, jamais produzirão trigo. É o que se dá com a Música. Sem os fundamentos da técnica severa, do ritmo vigoroso, da melodia espontânea e da harmonia perfeita, não pode a Arte produzir frutos, não pode apresentar compositores, não lhes pode desvendar os infinitos tesouros da inspiração, nem lhes abrir as fontes das ideias belas e originais...

— Pelo exposto, vejo que não concordas com as escolas dos Debussy, dos Ravel, dos Stravinsky?

— Não são escolas, meu amigo: são enxertos, e venenosos, colocados nas ramadas em que floresce a inspiração. Essas *escolas* são parasitas daninhas que se entretecem com o arvoredo e lhe matam a seiva. Produzem flores mortíferas. Essas *escolas* têm todas as propriedades do ópio: fazem sonhar, porém um sonho funesto — ponte por onde passamos para a morte...

Em *Música de pancadaria*, não me utilizei apenas das muletas vindas do além para exercer a crítica aos técnicos modernos sem inspiração que produziam músicas sem melodia ou harmonia. Havia também outros inimigos, a Arte começava a ser tratada a pontapés, a maior parte do nosso público fora conquistada pelo futebol. O aparecimento do fonógrafo e do cinema haviam provocado uma deserção dos teatros, mas nada se comparava ao estrago feito pelo esporte, dessa conquista feita pelo jogo das multidões resultara a mais completa derrota das Artes. Cheguei a, por pura bazófia, colocar na boca de um jovem personagem a proposta de criação do "fonofutebol", esporte em que os jogadores chutariam sete bolas a esmo, dentro de cada uma delas haveria um pequeno sino que corresponderia a uma nota musical. Assim, a obra estaria sendo composta à medida que o jogo fosse realizado. O resultado seria semelhante ao da música de Debussy, com a vantagem adicional de a obra dispensar partitura. O mesmo rapazola propunha também a *"rower-music"*, ou regatas musicais, os sons seriam criados a partir das remadas. Os remos conteriam, no ponto em que se apoiam, um tubo que, com o movimento, produziria um som da escala: dois remos darão sons diferentes, fazendo um intervalo musical de "segunda"; três, de "terça"; quatro, de "quarta", e assim por diante. O movimento de todos os remos ao mesmo tempo formaria os acordes.

A tentativa de troça esbarrava na dura realidade em que vivíamos. Nós, compositores, éramos obrigados a enfrentar um público que rareava e editores tão somente interessados na publicação de partituras de músicas mais afeitas ao gosto reles da população. Compravam dos artistas composições originais brasileiras e pagavam por elas entre 10 mil e 30 mil-réis, isto, *per omnia saecula*, até o fim dos tempos. Editadas, as partituras eram colocadas em uma espécie de limbo, não eram promovidas, anunciadas. O público que fizesse o favor de procurar por obras desconhecidas de compositores quase anônimos. Até mesmo iniciativas banais eram ignoradas, como solicitar à orquestra do Cine Odeon que executasse obras de brasileiros. Os salões também se mostravam pouco receptivos. Era comum recebermos convites para mostrar nossa arte em recepções e banquetes, mas, na maioria das vezes, tocávamos para um público que só estava ali fisicamente. Suas atenções estavam dispersas pelos cômodos onde palestravam, bebiam ou jogavam pôquer. Para atraí-los, só havia um jeito. Abrir mão do repertório de qualidade e abusar de *ragtimes* ou de *one-steps*. Partituras da nossa melhor tradição só despertavam algum interesse quando interpretadas por alguma esposa de comendador ou banqueiro. Ou mesmo por jovens que teimavam em martelar os pianos e assassinar o legado de nobres compositores. Desde aquela época que me pergunto: por que será, afinal, que Beethoven é tão maltratado pelas moças bonitas?

 O avançar do século mostrava que a música, ao contrário do que eu tanto pregava e desejava, não passara incólume a tantas agitações. Guerras, revoluções e invasões se sucediam, fronteiras eram mudadas com a mesma facilidade empregada por um maestro para alterar o andamento de uma sinfonia. Gloriosos impérios tinham sido destroçados, varridos do mapa; países aumentavam e diminuíam de tamanho, grupos de desordeiros sanguinários haviam transformado a outrora gloriosa Rússia, pátria de escritores como Dostoievski e Tolstoi, de compositores como Tchaikovski e Mussorgski, no berço de uma ditadura que ameaçava ranger os dentes e colocar suas garras sobre o mundo culto e civilizado.

Era como se a morte tivesse se tornado insaciável diante dos banquetes a ela oferecidos nos campos de batalha. Feita a paz, passou a fazer novas vítimas no campo da invenção humana e voltou seus olhos para a Arte, em especial, a música: havia que destruí-la, submetê-la a mutilações, torná-la irreconhecível. A mesma revolução que transformara o povo russo no mais sofredor entre todos que havia na Terra ganhava agora outras faces na pele de compositores como Rimsky-Korsakov e Mikhail Ippolitov-Ivanov. Não havia dúvida, aqueles homens exerciam, na música, o papel dos bolcheviques no campo das batalhas que haviam varrido as ruas com o fogo das metralhadoras e dos canhões.

Mas não só eles. Da França chegavam ataques ainda mais terríveis e ameaçadores. Exércitos pareciam unidos com o único propósito de subjugar a beleza e a melodia. A associação gerava uma "nova música", nascida do cálculo, como uma equação, não era produto de uma emoção, não era inspirada, nada traduzia, nada significava. Certa vez, ainda no Lyrico, me vi pasmo diante da apresentação de duas peças de Debussy. Não conseguia entender a sensação causada por aquele compositor. Falava-se de uma "forma nova", de um "gênero novo". Um novo estilo que repudiava a forma, o gênero e o estilo antigos, consagrados pelos ouvidos inteligentes e cultos. A mim soavam agressivos e sem sentido o labirinto das meias-frases, dos *ritardos* e das antecipações, o abuso dos intervalos proibidos, a repetição de cadências sem nexo, a prolixidade das falsas relações, o delírio das dissonâncias. Não havia sentido, sinceridade, um sentimento de Arte. Não era a música dionisíaca, que baixou dos céus como um orvalho fecundante!

A música de Debussy deixa, porém, transparecer uma qualidade aproveitável aos compositores sem inspiração, sem fantasia e sem erudição: faz depender toda a concepção da técnica, da habilidade e do aparato. É uma arte toda descritiva e onomatopaica, imita o cair da chuva; traduz em música o sono e o vozerio dos sapos num charco; revela as confidências de um casal de cegonhas e reproduz o mutismo filosófico de um orangotango em êxtase ao aparecimento da lua nova, e outras maravilhas. A música de Debussy é para a classe de privilegiados, criaturas dotadas de ouvido apurado, inteligência rara, critério modelar, alta erudição, uma classe única, possuidora dos requisitos necessários para a compreensão das sutilezas dessa metafísica das coisas que nem todos os mortais podem perceber! Ou nós somos criaturas sem as qualidades necessárias para bem compreendê-las; ou ela é a negação de tudo que é racional, de tudo que é sincero. Nós estamos com a verdadeira Arte, que é a que nasce no coração, desenvolve-se no cérebro e flore no canto ou na orquestra.

Pior é que os produtores, responsáveis pela programação de concertos, passaram a se deixar seduzir por aquela empulhação importada, pelo modismo que reunia tudo o que havia de estranho, de bizarro e dissonante, apadrinhado com a pretensão de onomatopeias descritivas. Seus compositores são apenas pirotécnicos que pretendiam deslumbrar o mundo artístico com um "fogo de vistas", cuja duração é de segundos e acaba em carvões e cinzas. Mas eles ocupavam mais e mais os nossos teatros, reduzindo os já pequenos espaços destinados aos autores brasileiros. Era de se imaginar que o público seria capaz de engolir todas as estopadas e almôndegas francesas, russas, alemãs e italianas que na feira musical se encontram. O Municipal, que nunca abriria suas portas para minhas sinfonias e óperas, recebeu, numa *matinée* da Sociedade dos Concertos Sinfônicos, a *Suite caucausienne*, de Ippolitov-Ivanov. Apenas um de seus movimentos, o *Cortège du Sardare*, era acessível ao ouvido musical. No mais, havia apenas diatribe musical, muito certa em harmonia e contraponto, medida a trena ou a compasso, mas sem lampejo de inspiração, como tudo que é apresentado à guisa de música moderna. Cheguei à terrível conclusão de que esse malabarismo, para não dizer essa loucura, intenta afastar do mundo artístico a música pura, a música-sentimento, a música que tem ideias. À força de ouvir tanta zoada, à força de só ouvir frases chocantes, tudo que há de mais antimusical, o público, fascinado, sugestionado, ouve sem entender, bate palmas sem compreender essa Babel de sons que apresentam como música moderna.

Esses supostos renovadores arrebanhariam aplausos e seguidores, todos dedicados ao enaltecimento da balbúrdia sonora inventada para banir a melodia que, como dizia Wagner, é a única forma de música. Música, afinal, é melodia; sua roupagem é a harmonia. Mas, tempos estranhos aqueles, muitos pareciam embrutecidos e surdos — esta última, condição até razoável diante da azáfama e lixaria alardeada e imposta pelos novos autores. Era como se, de uma hora para outra, toda a concepção clássica de música houvesse sido atropelada pelos automóveis ou bondes elétricos que passaram a rasgar nossas ruas e avenidas. Bondes movidos por uma energia misteriosa, que, vinda sabe-se lá de onde, imiscuía-se silenciosa pela cidade, escorregava por dentro de cabos e fios. Toda a música parecia ser vitimada por um choque imenso, incontrolável, poderoso, impositivo, que desrespeitava o passado e avançava, destruidor, sobre o futuro. E ai daqueles comprometidos com o Belo, com a delicada combinação de sons, os criadores de imagens que falavam à alma, ao sentimento. Estaríamos condenados ao limbo, tentava-se jogar nosso futuro no passado, tiravam-nos o direito de expressar nossa arte. Ainda jovens, éramos tachados de velhos, de ultrapassados.

Não sucumbi: transformei minhas colunas em jornais em trincheiras contra esta nova versão das invasões bárbaras. Apesar de algumas manifestações de incompreensão e crítica, eu não deixava de apontar, de alertar. Não permitiria tamanho desprezo por uma herança tão nobre de nossos antepassados:

- *Nós temos também música falsa: essa que resulta das reformas que tentam os Debussy, os Satie, os Scriabine, e outros iluminados!...*
- *Olhe: o processo usado por este tal Scriabine é simples: tomam-se "acordes" aos punhados, quaisquer, em quaisquer tons, e atiram-se ao acaso sobre o teclado. Depois, como se faz nas* mayonnaises, *deixam-se correr, por cima, umas "escalas" em lugar do azeite; em seguida, espalham-se, à guisa de condimentos, uns "trillos", "grupettos", algumas "oitavas", umas "fermatas". Vai para o rolo, quero dizer, ao forno; deixa-se esfriar e depois serve-se ao freguês.*
- *Só Scriabine é grande, e Debussy é o seu profeta.*

Mas era preciso trabalhar, compor. Nosso silêncio e nossa desistência de produzir e de criar novas peças abririam ainda mais espaços para a nova categoria de ferreiros musicais. Meses depois da boa recepção a *Vigília d'armas*, me encontrei com o amigo Manoel Tapajós Gomes diante da Casa Arthur Napoleão, na Avenida Central, aonde eu fora comprar uma ou outra partitura. O poeta, que caminhava em direção à redação da *Gazeta de Notícias*, resolveu parar para uma rápida conversa. O calor fez com que nos refugiássemos no interior da casa do Napoleão; lá, pelo menos, ficaríamos protegidos do sol daquela tarde carioca. Falamos um pouco, desabafamos, expusemos nossas angústias com os rumos da produção musical. Eu, apesar de todo o meu desencanto, me entusiasmei com aquela troca de ideias, resolvi que não entregaria os pontos. Confidenciei ao amigo o desejo de compor uma ópera curta, de apenas um ato. Algo que me permitisse exercitar a combinação de canto e voz, a estruturação de uma peça baseada em um tema específico, colocado de maneira explícita para o público. Uma ópera, nem que fosse para guardá-la em alguma gaveta, já que era ridículo o número de composições de brasileiras levadas à cena. O Tapajós Gomes ficou animado com a ideia, convidou-me para um café na Colombo. Lá, perguntou se poderia cometer a ousadia de sugerir um tema, algo que havia muito cultivava: um melodrama ambientado na atualidade, nos arredores de Paris. Ao longo da conversa, ele faria mudanças no tempo e no espaço, a trama se daria em Pompeia, no início da Era Cristã. A heroína seria Heliophar, mulher que se vê ameaçada pelo ex-namorado, Glauro, quando este a descobre apaixonada por outro homem, Anor. Para escapar da morte que a espreita na ponta de um punhal, Heliophar se joga nos braços de Glauro e o beija, fingindo ainda amá-lo. A cena, porém, é presenciada por Anor, que, em seguida, despreza aquela que o conquistara. A jovem se desespera ainda mais quando é informada da partida do seu amado para a guerra. Para não ser obrigada a se casar com Glauro, Heliophar pega o punhal e se mata.

Um enredo simples, universal, semelhante ao que é mostrado em óperas italianas, e que resumia amor e tragédia. Nada muito diferente também do que se via pelas ruas e lia-se nas gazetas, cheias de histórias passionais, como a do desordeiro Manduca da Falua que enganara uma moça e com ela contratara casamento. A jovem, porém, descobrira o passado nada abonador de seu futuro marido e tratara de romper o combinado. Revoltado, o marginal foi à casa da jovem, na Rua Orestes, no Santo Cristo, e a atingiu com um tiro na perna esquerda. Ou como o caso de Violeta, de 18 anos incompletos, moradora da Rua Silveira Martins, no Flamengo, que, ao se saber abandonada pelo noivo, tomou uma mistura de éter com tintura de cabelo. Heliophar, portanto, poderia ser uma de nossas vizinhas. Animei-me com a proposta de *libretto*. Combinamos que, naquela noite, ao fim das tarefas em nossos jornais, nos encontraríamos no Chopp dos Mortos para um brinde à retomada da vida musical.

Sentado ao piano, Sylvio folheia os manuscritos de sua ópera recém-concluída. Canta para as folhas da partitura, que classifica de possíveis mensageiras de sua fortuna, talvez o precioso cadinho de onde surgiria a sua glória, o casulo em que nasceria a imagem dos seus sonhos. Recorda as noites sem fim em que se dedicara a compô-la, surpreendendo a aurora, despertando a inspiração adormecida no caule das flores, no leito de esmeralda dos rios, na primavera em flor. Toda a harmonia que cantava nos céus, nos mares e nos campos, o poema sublime da beleza e do amor:

> *Aqui estão os meus sonhos!*
> *Todo o meu sangue*
> *Melodias*
> *A que a felicidade dará asas,*
> *E a inspiração,*
> *Vida imortal!*

Dos bastidores, Célia, sua musa, estudante de música, cantarola. Diz que, ao cantar, o tempo voa nas asas que levam esperanças e ilusões. No proscênio, Sylvio também fala em esperanças, sonhos e ilusões, frisa a verdade que há nestas palavras. Mas teme pelo seu futuro, pela recepção da plateia.

> *Público soberano*
> *Balança terrível*
> *Onde se pesam*
> *Os destinos dos artistas*
> *Tu me julgarás...*
> *A ti deverei*
> *A glória imensurável*
> *Ou o funéreo silêncio,*
> *Imagem da morte!*

Suas reflexões são interrompidas pela chegada do jovem poeta Ruben, autor do *libretto* de sua ópera. Conversam sobre a angústia que antecede a estreia. Ruben procura animá-lo, Sylvio a classifica de morte lenta e de suplício dantesco.

> *Vencerás, Sylvio.*
> *Tens talento,*
> *A asa que conduz*
> *Aos mundos*

Onde o pensamento
É a luz!
Nessa perene
Alvorada,
A inspiração é flor,
É perfume, é encanto,
E é amor!

Célia entra na sala, folheia a partitura, entoa a esperança da conquista da glória por Sylvio, alma de sua alma. Manifesta a certeza do triunfo glorioso da excelsa e divina Arte.

Na cena seguinte, Sylvio é levado ao palco por outros músicos para que possa ser saudado pela plateia que, extasiada, o aplaude de pé.

Salve! Glorioso Maestro!

Comovido, o compositor lamenta não possuir uma casa digna para recepcionar os amigos.

Aos sacerdotes da Arte
Deviam abrir-se
As portas dos Palácios
E, servidos por Duquesas,
Honras deveriam prestar-lhes
Como a Príncipes!...

O coro completa, diz que a graça, a beleza, o encanto, o amor, a vida e o sonho são a riqueza dos artistas. Ruben adianta-se, revela que uma festa fora preparada em homenagem à sua vitória. Ao chegar à recepção, Sylvio ouve o coro cantar a Canção Nupcial de sua ópera. Pergunta pelo Flávio, o tenor que interpretara o papel do noivo. Ruben responde: diz que, naquele momento, o noivo era o próprio Sylvio. Em seguida, o conduz até uma jovem vestida de branco, de rosto coberto com um véu — sim, era Célia, sua musa, ela que, agora, passaria a ser sua esposa.

Arte!
Sublime Eflúvio!
Divino Halo
Que circunda
O Universo!
Confidente!
Arte!
Nimbo Fulgente
Onde se oculta
O Amor!
A ti,
Nossas homenagens!

CAI O PANO

Frederico fechou o caderno de folhas amareladas de *Arte e amor*, ópera curta, de apenas um ato, composta por seu pai. Julio Reis assinara a composição com o pseudônimo de Belvedere, mas a verdadeira autoria estava evidenciada pelo autógrafo na capa daquele volume datilografado de apenas 13 páginas costuradas com barbante: "*Libretto* e música de Julio Reis". Por que razão, perguntava-se, o autor resolvera não assumir a paternidade daquela obra? Talvez porque *Arte e amor* não passasse de uma história que o próprio Julio Reis gostaria de viver. Um compositor inspirado — "Vencerás, Sylvio. Tens talento" — e pobre — "Digna casa não possuo/ Para receber-vos!" —, angustiado com a estreia de sua obra. Ópera dentro de uma outra, Julio Reis projetara para Sylvio seu próprio futuro, uma consagração que viria depois de tantas dúvidas e medos. Vida e obra se confundiam naquela composição, uma quase vingança em relação às limitações cotidianas. Sylvio não passava de um reflexo de seu criador, a ópera era um pequeno desabafo, sonho que o compositor almejava concretizar. Ao atribuir a autoria a outro — um misterioso e inexistente Belvedere —, Reis se protegia de eventuais e prováveis maldades, não seria obrigado a ouvir comentários relacionados à sua frustração de não se ver consagrado, elevado ao patamar de um Carlos Gomes. Conhecera aplausos, recebera elogios, mas ainda não conquistara o reconhecimento unânime de seus pares. Ao contrário de Sylvio — "Aluno laureado do Instituto de Música" —, Reis nunca frequentara uma academia, seu talento se manifestava graças às lições de sua mãe. O orgulho de ser quase um autodidata era, muitas vezes, substituído pelo constrangimento de admitir que nunca tivera condições de burilar sua arte em um instituto de música. A palavra "maestro", que, com frequência, antecedia seu nome nos jornais, era apenas uma distinção, um ornamento, uma generosidade de seus amigos na imprensa. Não estudara composição nem regência.

De *Arte e amor* sobrara apenas o libreto. No acervo deixado por seu pai não havia qualquer outra referência à ópera, nenhum estudo, qualquer partitura. A obra também não era mencionada nos recortes de jornais organizados por Julio Reis. O autógrafo na capa dava a entender que a composição tinha sido completada, mas na caixa não havia nada além das páginas datilografadas. O desaparecimento da partitura determinava que a história de Sylvio jamais chegaria aos palcos, o jovem compositor criado por Belvedere/Julio Reis permaneceria na obscuridade.

Pelos últimos meses de 1921 recebi um convite para um evento musical que mobilizava a cidade. Organizado pela Sra. Laurinda Santos Lobo, figura admirada, responsável pelo apoio a diversos artistas, o programa previa a execução de obras do compositor carioca Heitor Villa-Lobos. Já ouvira alguns comentários elogiosos sobre aquele jovem, que, poucos anos antes, apresentara-se com muito sucesso em um concerto que contara com o apoio do Alberto Nepomuceno. Uma vez, à mesa do Café do Rio, meu amigo Oscar Guanabarino havia lhe atribuído uma série de adjetivos, quase todos favoráveis. Apesar de alguns desvios modernizantes, o classificara de harmonista de valor, merecedor dos aplausos dos brasileiros. Fez apenas uma ressalva: sua preocupação orquestral gerava, aqui e ali, efeitos que sacrificavam a ideia melódica. Nada que desabonasse a produção daquele que, três anos antes, tivera algumas de suas obras regidas pelo maestro Francisco Braga. Era importante conhecer melhor o seu trabalho.

Ao chegar ao edifício do *Jornal do Commercio*, na esquina de Ouvidor com a Avenida, notei que seria um dia especial. Alguns dos melhores representantes de nossa sociedade se aglomeravam diante da escadaria de mármore que dava acesso ao primeiro andar do prédio, uma bela estrutura de dez andares que dominava aquele trecho do Centro. Havia uma profusão de casacas, de longos vestidos e, evidentemente, de inevitáveis chapéus adornados por complexas e extravagantes estruturas florais. Que eu tivesse a sorte de não ficar atrás de nenhum deles. Esperava o dia em que nas plateias, não seriam vistas, senhoras com chapéus, adereços impróprios não só porque iam de encontro às leis do bom gosto, como também privavam os demais espectadores de verem a cena. As marretas do Passos e as vacinas de Oswaldo Cruz não haviam sido suficientes para, de uma hora para outra, injetar civilidade e comedimento em uma boa parte do público carioca.

A animação e o burburinho eram imensos. Não seria absurdo imaginar que os presentes solicitassem o adiamento do concerto — afinal, a conversa estaria boa demais para ser interrompida por um desfilar de acordes. Para muitos, a música se constituía apenas em uma espécie de imposto a ser pago para que pudessem desfrutar de alguns bons momentos de convívio social. Uma das principais salas da cidade, o Salão Nobre não era lá muito grande, mas impressionava por sua imponência, pelos cinco lustres franceses de bronze e cristal pendurados a uns 7 metros do chão, pelas jardineiras, pelos espelhos. O palco se constituía em um estrado que comportaria uma orquestra de até 30 músicos. Sem dúvida, um lugar à altura para um evento como aquele, no qual a Sra. Laurinda seria também homenageada. Colegas da imprensa e do mundo musical compareceram em peso, inclusive alguns que jamais me haviam honrado com sua presença em meus concertos. Eram estes os mais efusivos ao cumprimentar-me, quando proferiam os mais comoventes elogios e as mais ardentes justificativas para sua ausência. Patifes.

Pouco antes do início do programa, pude ver o compositor passar em direção ao fundo do salão, onde os músicos estavam reunidos. Agitado, cabelos longos, mascava um charuto apagado. Sequer olhou para os que ocupavam seus lugares na plateia, pareceu despreocupado em conferir presenças e ausências, transmitia a certeza de que todos estariam ali. No palco havia uma curiosa combinação de instrumentos: desafiadora, uma harpa mirava uma celesta, espécie de piano vertical, presença rara entre nós. Eu não conseguia antever a possibilidade de algum diálogo entre tão distintos instrumentos, era de se ver o uso que deles faria o compositor. De acordo com o programa, a harpa e a celesta seriam utilizadas, ao lado de flauta, saxofone e coro feminino, numa peça batizada de *Quarteto simbólico*. Entre os músicos, Pedro de Assis na flauta, Antão Soares ao saxofone, Rivadávia Luz na celesta e Rosa Ferraiol na harpa. Também ouviríamos, entre outras peças, *A fiandeira*, para piano, e *Historietas*, para piano e canto — esta última contaria com versos do poeta Ronald de Carvalho.

A presença de tantos convidados ilustres atrasou o início do programa. Cansado após a pesada jornada de trabalho da véspera e distraído pela algaravia produzida por tantas conversas e pelos sons dos instrumentos em afinação, acabei cochilando na cadeira. Fui despertado por um som metálico, solo que parecia vir de um saxofone. Percebi então que as luzes da plateia haviam sido apagadas, o concerto começara. Antes tivesse continuado a dormir. Julgaria, ao acordar, que tudo aquilo não passara da trilha sonora de algum pesadelo medonho. A melodia, melhor, o fiapo melódico desenhado pelo compositor chegou a ser pontuado por algumas notas partidas da celesta, mas, em seguida, tudo foi atropelado pelo flautista, que então começava a empreender uma fuga. Um desvio que em nada correspondia ao que fora anteriormente tocado. O tema inicial, pelo visto, havia sido esquecido. A conversa entre os instrumentos se tornava impossível naquele *Quarteto simbólico*. Os músicos pareciam brigados uns com os outros, não havia um ponto em comum entre eles, qualquer indício de harmonização de instrumentos, de busca de um ponto em comum. O pianista até que tentou dar um jeito na profusão sonora, buscou lançar cordas que permitissem alguma amarração a toda aquela baderna. Pouco depois, pareceu desistir da tarefa. Conceitos como os de melodia ou harmonia pareciam ter sido jogados, com bolas de ferros amarradas aos pés, do último andar daquele arranha-céu. Num dos derradeiros acordes do primeiro movimento, o saxofone foi acionado como um apito de navio — um chamamento à ordem? Qual, apenas o anúncio do fim da etapa inicial.

O começo do segundo movimento marcou a entrada do coro, aparentemente interessado em fazer dormir a plateia: a repetição de notas gerou um efeito capaz de entorpecer o mais renitente dos insones. Preocupada, a harpista interrompeu aquele mantra e buscou uma saída, mas não teria muito sucesso na empreitada. O coro protestou e entoou algo ainda mais lúgubre. Foi então a vez de o flautista partir em outra direção. As vozes insistiram, pareciam dizer algo como "Volte para cá, há uma melodia disponível. Junte-se a nós!". Mas o flautista ignorou os apelos e seguiu seu caminho solitário. A harpista aproveitou a dissensão para distrair-se um pouco, e começou a dedilhar a esmo o instrumento. Revoltado, o saxofonista voltou a apitar. Assim, aos socos, conseguiu uma fugaz adesão do flautista que, de volta do seu passeio, descambou a trinar, desesperado como um passarinho ferido de morte, atingido por uma pedra. Fim da parte.

A flauta voltou a se impor no início do terceiro e, felizmente, último movimento. A emissão de diferentes notas sugeria a busca de uma melodia, havia alguma esperança, pensei, ao notar certa confluência de objetivos com o saxofone. Revoltados, os cantores atrapalharam o acerto e pareceram vaiar a combinação. Foi a vez de o saxofonista e o flautista travarem um duelo de notas soltas e desconexas. O coro pareceu perder a paciência com a nova disputa e soltou um grito final. Ufa, acabou!

Em meio aos aplausos generalizados, tentei organizar meus pensamentos. Não conseguia crer no que acabara de ouvir. O maestro não parecera interessado na concertação dos músicos, atuara como organizador de uma brincadeira infantil, aquela em que crianças tentam, de olhos vendados, encontrar seus companheiros. Havia, porém, uma diferença fundamental. No folguedo, apenas um dos petizes tem a visão coberta; aqui parecia que todos os músicos tocavam às cegas. O regente e compositor se mostrara empenhado em evitar contatos entre os participantes do jogo. Parecia gritar: "Celesta, pegue a esquerda"; "Harpa, pela direita"; "Saxofone, pela porta dos fundos"; "Flauta, pule a janela"; "Vozes, façam o que bem entenderem". Ao longo daqueles intermináveis minutos, cada um dos instrumentos cuidou de emitir sons diferentes, singulares, que evitavam qualquer combinação. Em alguns momentos, massas sonoras se encontraram como se vítimas de esbarrões em meio ao desespero do salve-se quem puder. Em vão eu tentava encontrar algum sentido, uma lógica que unisse aquela demonstração estapafúrdia. Cheguei a pensar que poderia ter havido uma troca de partituras, o que se passara sobre o tablado seria apenas fruto de uma confusão, um desastrado auxiliar teria trocado as folhas, cada músico estaria executando uma peça diferente. Mas não, a presença do compositor indicava que aquelas partes pertenciam ao mesmo todo. Era como se uma versão sonora da Criatura de Victor Frankenstein tivesse acabado de ser apresentada ao público, plateia que, com seus aplausos, se tornava cúmplice do homem que tentava injetar vida em toda aquela matéria oca e inanimada. Havíamos sido apresentados a uma coletânea de ruídos capaz de traduzir uma assembleia de bolcheviques a debater, no inferno, o tratamento a ser reservado a banqueiros e a outros capitalistas.

Ainda haveria novos capítulos, dos quais pouco me recordo. Lembro que, no início de *A fiandeira*, as mãos direita e esquerda do pianista Ernâni Braga pareciam brigar no teclado. A esquerda executava uma espécie de escala com as notas graves; a outra desandava a correr pelos agudos. Desejosos de participar da contenda, pés acionavam os pedais de forma abrupta, produzindo rangidos impossíveis de serem transcritos na pauta. Que tipo de tecido aquela fiandeira estaria a tecer? Qual seria o fruto do trabalho daquela tecelã desvairada? Estava, decerto, tecendo uma mortalha definitiva para a música. Em *Historietas*, o último *round*, digo, a última peça que consegui ouvir, a batalha mudou de figura: agora eram o pianista e um tenor que cuidavam de resolver, em público, suas muitas diferenças.

Não consegui ficar para acompanhar o restante do programa. Meu corpo exigia a saída daquele auditório onde a nova escola era consagrada. Uma fuga tão necessária quanto a que o compositor do *Quarteto* indicava para os instrumentos. Aproveitei um intervalo e lancei-me à escadaria, buscaria refúgio nos sons da Avenida. Ali, pelo menos, a desarmonia entre os ruídos de automóveis, animais, bondes e vendedores era proposital. Não tentavam — motores, cavalos, burros, pregoeiros — estabelecer qualquer unidade, não cogitavam compor algo que pudesse ser apresentado como música, manifestação do espírito capaz de ser traduzida pelo cérebro. Qual não foi meu alívio ao me encontrar envolto por sons desprovidos de ambição, cônscios de suas limitações, que não ousavam se passar pelo que de fato não eram. Obrigado, engenheiros que projetam máquinas e operários que as constroem; obrigado, cocheiros que domam os animais, motorneiros que conduzem os bondes, varejistas que nos alardeiam ofertas. Obrigado, elegantes senhoras que fazem os saltos de seus sapatos produzirem ruídos secos cada vez que se chocam com as pedras que revestem a calçada desta avenida. Obrigado, obrigado. Graças a vocês pude reencontrar-me com alguma possibilidade de harmonia sonora; antes esta, involuntária, do que aquela outra, pretensiosa e disforme. Andando sem rumo certo em meio aos passantes, percebia que acabara de testemunhar a vitória da escola da música sem música. Vontade de chamar a polícia de gritar, de interromper aquele trânsito de veículos e de pedestres, de abordá-los, de alertá-los para o crime que ali perto se perpetrava. No alto de um daqueles edifícios, toda uma tradição musical estava sendo assassinada. Séculos de inspiração e de labuta eram abatidos às ordens ditadas no ar pelos gestos de um homem posicionado à frente de uma pequena orquestra. Obedientes ao carrasco, o flautista e o saxofonista sopravam um ar envenenado para o interior dos metais; a harpista e o tocador da celesta não hesitavam em usar os próprios dedos para abrir feridas mortais em seus instrumentos que, em breve, estariam exangues, inertes, assassinados por quem deveria prezá-los e protegê-los. As integrantes do coro não sabiam, mas, naquele momento, emitiam os sons de um réquiem que acompanhava o derradeiro cortejo, a procissão que levava à tumba tudo o que aprendêramos a chamar de música. Vocês, policiais, homens de negócio, cavalheiros, damas da nossa melhor sociedade! O que fazem nesta bela tarde primaveril? Como ousam trabalhar, fazer compras, divertir-se, se, a poucos passos daqui, ocorre um assassínio? Não veem que a omissão os transforma em colaboradores de um homicídio? São tão responsáveis quanto aqueles que, aboletados no Salão Nobre do *Jornal do Commercio*, agora aplaudem de pé os criminosos. Não temem pelo futuro da Música, da Arte?

Não imaginam o quanto serão cobrados pela História, pelas próximas gerações? Não medram nem mesmo diante da perspectiva do julgamento divino, do juízo d'Aquele responsável pela inspiração, pelos dons artísticos que impregnam alguns de Seus filhos?

A tarde caía na Avenida, eu continuava a caminhar a esmo, incapaz de definir uma direção. Creio ter andado em círculos, buscava nos passos algum tipo de resposta ou, ao menos, de consolo. Na calçada oposta, nas proximidades da esquina da Rua do Rosário, deparei-me com a visão da fachada branca da secular Igreja de Nossa Senhora da Conceição e Boa Morte. Não haveria de ser uma coincidência o fato de ali encontrar-me — diante da igreja dedicada à Nossa Senhora da Boa Morte — quando mentalmente antecipava o velório da Musa. Caminhei na direção das portas talhadas por Mestre Valentim, atraído pela escuridão que parecia convocar-me para o interior da nave, um local adequado para o compartilhar silencioso de minhas angústias. A poucos metros da porta, minha trajetória foi interrompida por outro chamamento, que se impunha ao barulho da Avenida e ao silêncio de minha introspecção. Ao olhar à direita, notei-lhe a origem: vinha de Laura, Joana e Fifi, jovens candidatas a cantoras líricas. Estavam em volta de uma das mesas do Café Simpatia, sentadas em cadeiras de vime, protegidas do resto do sol pela graciosa marquise de estrutura metálica, revestida de vidro. Ali, à calçada, refrescavam-se diante de frapês de coco. "Venha cá, tome uma cerveja", disse-me Joana, dona de uma bela voz e de estimulantes, aprazíveis e convidativas pernas. Aquele novo chamado se impôs ao primeiro. É provável que a resposta para minhas angústias não estivesse na escuridão do templo, mas ali mesmo, na calçada do Simpatia, no frescor da juventude daquelas três talentosas moças. Afinal, nada melhor que a companhia de artistas para o consolo de minhas tantas decepções. Era improvável que ali encontrasse algum refúgio para o espírito, mas o conforto para a carne, ao menos, não haveria de me ser negado.

Poucos dias depois chegou o anúncio de que o Salão Nobre do *Jornal do Commercio* seria fechado e transformado em estação telegráfica ou coisa parecida. Usei minha coluna em *O Combate* para protestar, lembrei que o salão da Associação dos Empregados do Comércio também passaria a ter outra finalidade e deixaria de abrigar concertos. Aleguei que aquelas decisões condenariam os músicos a apresentações ao ar livre, já que não poderiam se submeter à exorbitância cobrada pelos teatros. Apesar da ênfase, não conseguia deixar de ver uma certa ironia naquele episódio. Parecia-me que os deuses da Arte, vingavam-se daquele maldito *Quarteto simbólico* ao decretar o fim do espaço que servira de templo à cerimônia que procurava celebrar o fim da música.

Paixão e fé

Quando se levanta o pano, a escuridão é completa. Momentos depois, na esquerda alta, ao tôpo da escada, vê-se bruxolear uma luz: é SÓROR MARIANA ALCOFORADO que desce, a mêdo, uma candeia acesa na mão. Hábito e manto das terceiras claristas, de estamenha côr de cinza, sem roda; touca branca de beatilha chã, descendo até aos peitos; véu preto; cordão de linho cânhamo; uma volta de rosário ao pescoço. A seguir, desce um homem moço, tipo de capitão de cavalos; bigode loiro, pequeno, Richelieu; chapéu holandês; coura de anta; balona branca, derrubada; calças vermelhas de berri de França; espada enorme; cachimbo na bôca; capa no braço: é NOEL BOUTON, CONDE DE CHAMILLY E DE SAINT LEGER. Por último, outra freira surge, também com uma candeia acesa na mão: é SÓROR INÊS DE JESUS. Enquanto as duas primeiras figuras descem, encaminhando-se para a direita baixa, SÓROR INÊS, fica vigiando no tôpo da escada. CHAMILLY, em todas as frases que se seguem, é sacudido, *sêco, indiferente;* SÓROR MARIANA, *que atravessa a cena amparada ao braço do oficial francês, numa atitude de ternura, de fadiga e de abandôno, tem em todas as suas palavras, em todos os seus gestos, a expressão exaltada e ardente das grandes paixões.*

CHAMILLY

Adeus.

SÓROR MARIANA

Espera. Um instante mais. Deixa-me beijar a tua bôca, Noel.

CHAMILLY

É madrugada.

SÓROR MARIANA

Aperta-me bem nos teus braços. Faze-me doer, Noel. Sinto-te no meu sangue, na minha alma.

CHAMILLY, *afastando-se:*

Adeus

SÓROR MARIANA, *pousando a candeia de ferro sobre a cadeira abacial, e voltando a* CHAMILLY:

Porque me deixas tu? Porque não ficas tu em Beja, comigo? Porque não me levas tu para França? Porque me deixas neste mosteiro, nesta solidão, — neste inferno?

CHAMILLY, *num movimento*
para a direita baixa:

Mandam-me partir. É a lei da guerra.

SÓROR MARIANA, *retendo-o nos braços:*

Tu vais bater-te outra vez? Mas tu não me disseste nada! Tu vais bater-te outra vez, Noel?

SÓROR INÊS, *do alto da escada,*
apagando a candeia:

Mariana! — Apaga a luz.— Vem gente.

A leitura daquele pequeno livro me deixou emocionado. Eram apenas 40 páginas editadas pela Livraria Chardron de Lélo & Irmão, do Porto, mas que transbordavam de drama e sentimento. Até hoje, anos depois, posso recordar o impacto causado por aquelas folhas. Era como se, em meio a tantas agruras e decepções, um anjo tivesse colocado aquela pequena joia ao alcance de minhas mãos. Não tinha dúvidas de que, naquela tarde, fora abençoado ao resolver folhear a singela e tocante obra. Ao roteirizar e colocar em forma de peça teatral a história de sóror Mariana Alcoforado, Júlio Dantas criara um *libretto* perfeito; um poético resumo da história da religiosa portuguesa que, no século XVII, fora abandonada por seu amante francês e que para ele escrevera longas e apaixonadas cartas, as famosas cartas portuguesas. Dantas concentrara todo aquele drama em uma pequena e maravilhosa peça de um ato. No palco, o bispo de Beja conduzia uma investigação para saber qual das freiras desonrara o hábito ao receber um homem em sua cela no convento. Tentava descobrir quem era a amante do conde de Chamilly e de Saint Leger, um oficial francês.

O BISPO

Há uma freira que o recebe na sua cela. É preciso saber quem essa freira é, — e apartá-la da comunidade.

Ao terminar a primeira leitura não tinha mais qualquer dúvida. Havia ali um roteiro de ópera pronto. Os personagens haviam sido bem definidos e caracterizados. Nada teria que ser mudado no texto. Tudo estava lá, na medida exata: amor, sedução, sensualidade, desespero e perdão. Durante a leitura, agradecia à Providência Divina a graça de ter comprado aquele livro. Não havia como deter o arroubo criativo que em mim fora despertado. Às imagens verbais de Dantas se sucediam imagens sonoras em minha mente, em meu coração. A linguagem dos sons se impunha a cada página, a cada linha, a cada palavra. Sem maiores esforços, criei uma linguagem musical simples, clara, precisa, sem o menor sacrifício do texto, como se em torno dele estendesse uma finíssima renda de ouro. Mais do que compor, sentia-me como o escriba de uma entidade superior, que me soprava aos ouvidos as melodias que dariam suporte às palavras daqueles sete personagens. O desespero de Mariana me chegava aos ouvidos em forma de música, o registro *mezzosoprano* tornava ainda mais candente seu sofrimento diante da desfaçatez do tenor, o oficial francês, que entoava sua canção de despedida. A voz do Bispo me acompanhava ao longo dos dias e das noites, meus temores e meus pesadelos haviam adquirido um som, uma identidade. Aqueles tons graves passaram a povoar minhas madrugadas, me amedrontavam, me perseguiam, ressaltavam meus fracassos, exibiam meus pecados e me arremessavam em direção aos fogos. Ao interrogar Mariana e Inês, o Bispo também brandia a espada em minha direção. O tempo de Mariana se esgotava, ela não conseguiria sustentar sua mentira; o meu tempo também se fazia escasso. Aos 57 anos, me via imprensado, como se no fundo de uma viela a estreitar-se. Aquela seria a minha última grande chance para me erguer, consolidar de vez meu nome entre os compositores brasileiros, fazer-me ouvir, transformar a execução de minhas obras em algo corriqueiro, usual. Não tinha mais idade para estudos na Europa, ninguém aceitaria um velho como eu. Ainda mais um velho com dois filhos, frutos de duas uniões. Mesmo que, por uma intercessão divina, o governo resolvesse me conceder uma bolsa de estudos, eu não teria mais como desfrutá-la, não poderia viajar e deixar minha família por aqui. Transformar *Sóror Mariana* em ópera passou a ser uma imposição e uma última alternativa. Tinha, naquele momento, a uma derradeira possibilidade de superar as barreiras que atravancavam meus caminhos.

A partitura de *Sóror Mariana* acabaria composta em exatos dois meses, entre 10 de março a 10 de maio de 1920, como fiz questão de anotar no livro que trazia o texto da peça. Ainda sob o impacto da composição que tanto me mobilizara, reuni coragem para escrever ao Dantas. Pediria perdão pela ousadia, mas não poderia prescindir de sua anuência para levar aos palcos a ópera que, tinha certeza, inscreveria, de forma definitiva, meu nome na história da música brasileira. Mais: o fato de ser baseada em obra de reconhecido autor português permitiria à minha partitura a possibilidade de apresentações no exterior, era de imaginar o efeito que isto teria sobre meus detratores e todos os que, ao longo de décadas, haviam fechado suas portas à minha carreira. Privilegiados pela sorte, se sentiam felizes em agredir e insultar aqueles que, como eu, cultivam apenas talento, única moeda por Deus a nós concedida. Não passavam de pulhas, solistas de uma orquestra destinada apenas a condenar intrusos como eu ao silêncio, demonstravam ignorância em relação ao que faziam e valiam os demais artistas. Seus esforços não eram em direção à criação, apenas cerravam fileiras para impedir que outros dessem vazão ao próprio talento. Sim, agora eles receberiam o troco. Bastava uma autorização para que eu me lançasse naquela que seria a minha mais audaciosa empresa: a montagem de ópera baseada num episódio bem conhecido pela humanidade e que ganhara vigor e destaque com a peça de Júlio Dantas. Deus colocara aquele livrinho nas minhas mãos, traçara os caminhos para que minha redenção fosse obtida ao lado de um xará, um Julio como eu.

Em 12 de junho de 1920 enviei a missiva ao Dantas.

O peso de minha idade desapareceu assim que, no Café do Rio, o português Inácio de Brito me passou o recado. Calejado por tantas e tantas outras decepções, procurei me conter. Disfarcei o entusiasmo, mirei o espelho emoldurado por bebidas na lateral do salão, os lustres, os chapéus de outros frequentadores. Olhava para todos os lados enquanto ouvia o ressoar da voz do Brito a reiterar que não estava a mentir, não havia naquilo qualquer troça. O senador Jeronymo Monteiro acabara de almoçar um frango à caçarola por lá, deixara recado, queria ver-me, falar sobre a dotação que viabilizaria a montagem das óperas. Andara conversando com outros senadores, com deputados, com o chefe de gabinete do ministro. Considerava bem possível transformar o desejado subsídio em realidade, era urgente que fosse ter com ele. Levantei-me da cadeira, apoiei minha mão direita no guardanapo que o Brito trazia no braço. Implorei para que não mentisse, que não me inventasse histórias. Ele coçava o cavanhaque branco e insistia: não havia qualquer dúvida, o senador fora claro, queria que o senhor maestro Julio Reis fosse encontrá-lo para que tratassem dos recursos necessários para a montagem das óperas *Sóror Mariana* e *Heliophar,* havia chance de incluir a dotação no orçamento do Ministério da Justiça e Negócios Interiores para 1921, que o ideal seria conversarmos ainda naquela tarde. Não, ele não iria ao Senado, já passara a manhã no Palácio Conde dos Arcos, lá perguntara por mim — justo naquele dia em que eu tivera que ir cedo à redação de *O Combate* resolver algumas pendências, negociar alguns cobres a mais pela publicação de meus artigos, o Natal se aproximava, havia de se tentar uma ceia menos constrangedora e parca como a dos anos anteriores. O senador, disse-me o Brito, iria à Câmara depois do almoço, que eu o procurasse no Monroe. Foi o que decidi fazer, larguei pela metade o pão com manteiga e a chávena de café com leite que me serviam de refeição, joguei algumas moedas sobre a mesa, agradeci a gentileza e lancei-me à Rua Gonçalves Dias.

A prudência e o calor recomendavam o uso de um dos bondes que por ali circulavam, eram muitos os quarteirões a serem vencidos, eu estava na esquina da Ouvidor. Mas não queria depender de motorneiros, não podia esperar. Era preciso vencer aquela distância com minhas pernas. Ao longo de minha vida, delas exigira muitos esforços, quase todos recompensados com más notícias. Não custava explorá-las mais um pouco, desta vez, ao que tudo indicava, a troco de algo relevante e compensador. Nos últimos anos havia me enfronhado em muitas e muitas brigas e disputas. Indispusera-me com empresários, com outros maestros, com diretores de instituições que deveriam estimular os talentos e a boa música. Ganhara inimigos com minha crítica à música fácil, de pancadaria, com minha discordância em relação à ida para a Europa de grupos que representavam uma ofensa à boa música por aqui cultivada. Agora, no momento em que minha revanche se anunciava, forças não faltariam aos meus ossos e músculos. À altura da Rua da Carioca busquei as largas calçadas de pedras da Avenida, nelas eu poderia apressar ainda mais o passo, evitaria esbarrões, atropelos. A pressa ajudaria a evitar encontros, constrangeria eventuais conversas e cumprimentos, todos desnecessários naquela situação. Caminhei olhando para o chão, para os florões que decoravam a Avenida; a algum custo, livrei-me de umas mocinhas que, em troca de flores, pediam-me dinheiro para obras de caridade. Mal sabiam de minha condição, mais de candidato a receptor do que de doador de benesses sociais. Foi aquela, uma das poucas vezes em que não parei ao lado do Municipal para admirá-lo, para exaltar suas formas e lamentar seu desprezo por mim. Não havia tempo para lamúrias, precisava encontrar o senador Monteiro, um velho conhecido, estivera várias vezes com ele no Senado, a conferir a transcrição taquigráfica de seus discursos e apartes. A convivência nos gerou alguma aproximação, uma ligação suficiente a ponto de eu ter cometido a ousadia de consultá-lo sobre a possibilidade de um adendo ao orçamento federal que incluísse uma dotação que viabilizasse a subida aos palcos de minhas óperas. Ele convencera outros colegas a assinar minha proposta, os 30 contos para as montagens de *Sóror Mariana* e de *Heliophar* se transformariam em projeto de emenda ao orçamento da República para 1921. Seria como um afago num fiel servidor da Casa, um funcionário que sempre impedira qualquer deslize na transcrição das falas dos senadores, que, com alguma frequência, melhorava e polia seus discursos. Pelo recado do Brito, havia chance de a emenda ser aprovada.

Ofegante, continuei a caminhada, atravessei a Barbonos, rumo à esplanada na qual o Monroe havia sido plantado depois de desmontado e trazido dos Estados Unidos. Ao pé da escadaria, parei para tomar um pouco de ar. Estava ensopado, a brisa que vinha do mar não era suficiente para ao menos diminuir o abafamento daquele início de dezembro. Enxuguei o rosto, olhei para o portão principal do palácio, guarnecido por dois ameaçadores leões de pedra. Exposto ao sol, o branco do Monroe ganhava tons de prata, cegava-me. Apoiado nos corrimãos, venci os degraus. Haveria agora que descobrir onde o Monteiro estava. Fui a um funcionário, anunciei-me, ele disse para aguardar, poderia, enquanto isso, me acomodar naquele sofá de couro, à rotunda do *hall* principal. Colocado sobre um pequeno palco sextavado, o móvel circundava a base de uma escultura de uma jovem desnuda. O conjunto, embora belo, lembrava um chafariz sem água. Dispensei o conforto, a ansiedade impedia-me de ficar sentado. Fiquei a dar voltas incompletas em torno daquela curiosa peça de decoração. Comecei então a lembrar-me de trechos de *Sóror Mariana*, a repassar e cantarolar alguns de seus temas. Teria muito trabalho pela frente, criara apenas a melodia básica e as partes dos cantores e do coro. Seria preciso fazer a orquestração, desmembrar a partitura. Haveria que definir os instrumentos, os sons compatíveis com o ambiente da ação, um convento de Portugal. Em quanto tempo daria conta da tarefa? Talvez fosse necessário licenciar-me dos meus afazeres na seção taquigráfica do Senado, diminuir a produção de artigos e críticas. Haveria que, numa primeira etapa, apertar ainda mais o orçamento. Depois, viria a recompensa: teria direito a 5% do valor da dotação, a quantia nada desprezível de 1,5 conto de réis. Mas, até embolsar minha comissão de autor, eu teria muito que fazer. Seria necessário definir o regente, a orquestra, o teatro; contratar diretor de cena, cenógrafos, figurinistas. O Dantas, de próprio punho, me autorizara prontamente a fazer a adaptação de sua peça e a apresentá-la. Tomei a rapidez da resposta como sinal de boa sorte. Agora, com a confirmação da montagem, enviaria outra carta ao escritor, o convidaria para a estreia. Seria uma honra recebê-lo, sua vinda abrilhantaria o momento em que sua criação ganharia o cenário lírico: "Vossa Excelência teria a oportunidade de comprovar o que eu então assegurara. Encontrará, na *Sóror Mariana* que musiquei, a linguagem dos sons, clara, precisa, sem o menor sacrifício do texto, fiel à intenção da frase, e fiel ao episódio" — escrevi, em uma segunda carta a ele dirigida.

— Ora se não é o ilustre e talentoso maestro Julio Reis!

A gentil exclamação do senador Monteiro me trouxe de volta ao Monroe. Ele me apresentou a um deputado, que logo em seguida nos deixaria a sós, e me levou a uma saleta ao lado. Lá, de pé, foi breve. Poderia me assegurar que os recursos necessários às montagens seriam incluídos no orçamento, o relator da comissão, Gonzaga Jayme, não criaria qualquer obstáculo. Que eu tratasse de pensar nos detalhes — e providenciasse uma casaca mais adequada para as grandes estreias, observou. Feliz como estava, relevei a inoportuna observação. Em seguida, ele deu uma leve batida no meu ombro, piscou o olho direito e, em tom de simpática cobrança, solicitou convites para as noites de gala, desejo que prontamente transformei em promessa.

Minhas pernas voltaram a ser exigidas. Retornei aos arredores da Ouvidor, ao número 127 da Avenida, à sede de *A Folha*. Meu amigo e parceiro Tapajós precisava ser informado da boa nova. Nossa *Heliophar*, que havia quatro anos mofava em nossas gavetas, enfim subiria aos palcos. Alguns dias depois, a novidade ganharia as páginas do jornal.

O Congresso Nacional, em um momento de descuido, lembrou-se, um pouquinho, de fazer alguma coisa pela nossa Arte. A generosidade, por excepcional e por inesperada, merece um comentário especial, um registro à parte que valha por um aplauso ao ato dos senhores legisladores e por um aperto de mão ao artista aquinhoado com ela.

Trata-se do compositor brasileiro Julio Reis, que o Congresso contemplou com um prêmio de 30 contos de réis para a montagem e apresentação de suas óperas: Heliophar, *escrita sobre um* libretto *original do nosso companheiro Manoel Tapajós Gomes, e* Sóror Mariana, *inspirada no poema do mesmo nome de Júlio Dantas — e ambas em um ato.*

Julio Reis é, dos nossos compositores, um dos que mais abundantemente dispõem desse raríssimo dom que se chama inspiração. Sem se mostrar grandemente impressionado pelos arrojos, quase descalabros musicais, dos autores modernos, mas apenas aceitando aquilo que a evolução da música apresenta de sedutor sem ser disparatado, de empolgante, sem ser contraproducente e de logicamente harmônico, sem ofensas à estética, e à "música" da música, Julio Reis, quer em Heliophar, *quer em* Sóror Mariana, *é todo uma torrente de melodias, de melodias que se sucedem e que se disputam a beleza, razão pela qual ninguém poderá ouvi-las sem aplaudi-las, ninguém poderia escutá-las sem lhes sentir a sinceridade e a espontaneidade com que foram compostas.*

Dono de uma modéstia quase criminosa, Julio Reis tem-se conservado afastado e por isso mesmo desconhecido do grande público.

Desta vez, acreditava, não seria atrapalhado pela tal modéstia. A concessão da verba permitiria que, embora de maneira tardia, eu pudesse ter minha entrada triunfal na cena lírica brasileira. Não estaria só nesta luta, tinha o respaldo do Congresso Nacional. Já podia ouvir a orquestra, no fosso, afinando os seus instrumentos e aguardando a chegada do maestro. Tanto esforço havia sido recompensado e reconhecido, achava que, a partir da concessão, nada poderia me prejudicar.

Depois de tantos anos de serviço público julgava-me preparado para as exigências da burocracia governamental. Cartas, requerimentos, assinaturas, de acordos, publicações, republicações, questionamentos de vários tipos e origens. O excesso de trâmites e de exigências parecia ter apenas o fim de impedir a realização de qualquer ato, de qualquer obra. Ao protelar-se, adiava-se uma decisão e mantinha-se o caso em movimento, ainda que girando em torno do próprio eixo. Esta era a lógica da administração pública, só rompida em alguns poucos e raríssimos casos, como no bota-abaixo de Pereira Passos ou na campanha de vacinação. Somente forças quase ditatoriais seriam capazes de levar tantas casas ao solo, fazer com que tantas pessoas fossem obrigadas a mudar-se. Também investidos de poderes inquestionáveis, funcionários públicos se viram no direito de invadir residências, de desnudar braços de jovens e de senhoras, de nelas injetar um misterioso líquido, substância que, diziam, seria capaz de evitar a terrível varíola. O prefeito e o sanitarista tudo podiam, nada os detivera. Só assim que havia algum momento reto e objetivo nas nossas repartições. Eu estava habituado ao muito exigir para nada ser feito, mas jamais poderia imaginar a peça que me seria pregada naquele início de 1921.

Diante da notícia dos 30 contos, tratei de ultimar os preparativos para a apresentação de *Sóror Mariana*. O dinheiro seria apenas para esta ópera; no último momento, para tristeza minha e do Tapajós, *Heliophar* havia sido descartada pelo Senado. Consolava-me diante da perspectiva de poder concentrar todos os meus esforços em apenas uma montagem. Entrei em contato com a direção do Lyrico, estive com cantores que, atraídos pela notícia, haviam me procurado e se ofereciam para participar daquele momento histórico, o da estreia de uma ópera nacional baseada em texto de um ilustre português. Busquei também apressar a liberação da verba, seria necessário fazer adiantamentos aos copistas, cenógrafos, figurinistas, músicos. Tudo estava certo, a concessão da ajuda fora publicada no Diário Oficial, constava do Orçamento da República para 1921, nada poderia impedir aquela empreitada.

Mas eu já deveria estar preparado para as artimanhas, para as invejas que foram despertadas assim que o prêmio fora a mim destinado. Não poderia, na minha idade, me espantar com nada; a arte brasileira, afinal, havia sido condenada à triste condição de mendiga. Nas instituições públicas não vigorava o mérito, o que contava não era o talento nem a vocação, mas o empenho de Sua Majestade, o pistolão. Este, sim, abria portas, agilizava tramitações, atraía todos os carimbos e assinaturas. Minhas boas relações com o senador haviam facilitado a apresentação e a aprovação da emenda, o problema agora seria verificar o alcance do tiro disparado por aquele pistolão.

Logo nos primeiros dias de 1921 fui ao Ministério da Justiça e Negócios Interiores para me qualificar para o recebimento de, pelo menos, parte do dinheiro. Seria necessário ter algo em mãos para poder iniciar a produção da montagem. Eis que, ainda na primeira quinzena daquele mês, fui surpreendido por uma decisão do Alfredo Pinto, ministro da Justiça e Negócios Interiores. Em um gesto afrontoso à soberana decisão tomada pelo Congresso Nacional, ele publicara um despacho em que determinava a apresentação, na Secretaria do Ministério, do original da partitura de *Sóror Mariana*, "a fim de ser oportunamente verificado, por uma comissão de professores do Instituto Nacional de Música, o valor artístico da ópera e a possível despesa com a sua montagem, ficando, assim, o governo habilitado a resolver sobre a conveniência do pagamento da subvenção mediante instruções sobre o modo de ser fiscalizada a sua aplicação".

Fiquei pasmo diante da petulância daquele sujeito. Como assim exigir que minha obra fosse avaliada por uma comissão? Isto, claro, não passava de uma tramoia urdida por ele e por aquele compositor de revistas e operetas que se aboletara na cadeira de diretor do Instituto Nacional de Música. Um homem cuja falta de talento musical era compensada por uma inesgotável vocação para o conchavo político, apesar de todas as resistências ao seu nome, conseguira chegar ao cargo. Só no país do pistolão é que isso poderia ocorrer, o autor de peças ligeiras, de fácil consumo e rápido esquecimento, era considerado digno de substituir um compositor como Alberto Nepomuceno na direção do INM. A cadeira que já fora ocupada por Francisco Manoel da Silva, Leopoldo Miguez e Henrique Oswald recebia um político menor, um artista irrelevante. Certamente partira dele a sugestão de humilhar-me, de fazer com que a decisão do Congresso fosse pisoteada, ignorada. Só a inveja poderia explicar uma atitude como aquela, não estavam a tratar com um iniciante, com um debutante, um aprendiz. Mais uma vez, me sentia traído em minha pátria. Eu havia recebido a autorização de Júlio Dantas para montar a ópera inspirada em sua peça. Uma carta manuscrita, em que ele falava de seu "justo orgulho" com minha decisão de musicar seus versos. Do outro lado do Atlântico, um escritor consagrado tinha a humildade de escrever, de próprio punho, missiva em que permitia a realização de meu projeto. Aqui, em minha casa, em meu país, eu sofria com os burocratas e invejosos. Depois de, por tantos anos, ter me sujeitado às mesquinhas pagas dos editores, seria mais do que justo ser honrado com uma verba que viabilizaria a montagem de uma ópera inédita, brasileira, prenhe de belas melodias. Estava cansado de receber trocados pela cessão definitiva dos direitos de minhas composições, exasperava-me com a degradação do gosto musical, com a vulgaridade do que chegava às lojas, bagaceiras no gênero dançante que, para ter aceitação dos editores e procura do público, traziam títulos ao fino paladar dos *dilettanti*, tais como *A mulher do bode*, *O boi no telhado*, *Mamando no caranguejo*, *Olha o buraco*. Canções que tão bem se harmonizavam com as obras compostas por aquele a quem eu, no entender de Sua Excelência, o ministro da Justiça, deveria submeter minha obra. Não, este prazer eles não teriam, não sofreria mais esta humilhação. Decidi que lutaria para conquistar o direito que me havia sido concedido, usaria de todos os meios ao meu alcance.

A ofensa não me surpreendia. Enquanto os profetas da desprezível modernidade vicejavam, os caminhos do reconhecimento continuavam vedados aos artistas brasileiros. Alguns esnobes, à força de uma implacável insistência, haviam injetado numa grande maioria do nosso público o gosto pelos tais músicos cubistas, modernistas e futuristas. Mas, mesmo com o risco de ser tachado de atrasado, eu insistia na propaganda do que era nosso, bom, eventualmente malfeito, errado — mas muito nosso e não imitado, copiado, decalcado dos compositores estrangeiros que não nos conheciam, que não queriam nos conhecer e até julgavam que ainda andávamos nus, com arco e flecha. Era uma disputa desleal, travávamos lutas insanas para conseguir fazer com que nossas partituras fossem executadas. O reconhecimento era quase sempre tardio. Certa vez, o intemerato maestro Francisco Braga afrontou a ira dos modernos fariseus e apresentou à admiração do público a composição de um artista nacional, trechos de *Laís*, ópera composta por meu amigo de infância Delgado de Carvalho. A peça foi ovacionada no Theatro Municipal. Pena que Delgado não estivesse ali para assistir à consagração de sua joia, aquela inspiração tão sincera, aquelas frases com tanto caráter. A morte foi a única recompensa ao seu talento e ao seu desejo de honrar o seu Brasil tão maltratado, tão mal-apresentado, tão malsinado.

Recorri à minha trincheira, a imprensa, para defender meus direitos. Frisei, em violentos artigos, que os poderes públicos raramente concediam alguma ajuda aos operários do Belo, aos trabalhadores do pensamento. Aplausos, felicitações e elogios não eram, como não são, moeda corrente; os artistas, vivendo mais do espírito do que da matéria, precisavam ter uma vida tranquila para que pudessem estudar, observar, comparar e produzir. Dos governos, ressaltei, os artistas deveriam unicamente esperar ou o indiferentismo ou o recibo de impostos ou multas. Arte, talento, inspiração nada valiam, não mereciam a sua atenção, porque não são fatores na política. A menos, claro, que algum compositor esperto conseguisse arrecadar um bom número de eleitores por meio da audição de suas óperas. Assim, *incontinenti*, o Congresso votaria uma lei concedendo-lhe uma verba e o governo não colocaria obstáculos à sua liberação.

Eu me esmerava nos textos, nos adjetivos, tentava traduzir em palavras impressas toda a minha indignação, minha revolta. Não conseguia entender a razão de tamanha desfeita, não poderia suportar mais aquela provação.

Decidi recorrer ao Ministério da Justiça da absurda exigência de submeter *Sóror Mariana* a uma comissão de professores, não passaria por aquela afronta. Alegaria que a proposta era descabida, não se tratava de uma subvenção, mas de dotação aprovada pelo Congresso Nacional, que me honrara sem impor qualquer exigência. Naqueles dias, praticamente abandonei a repartição, minhas idas à redação de *O Combate* tornaram-se mais espaçadas. Acordava e dormia pensando no que poderia ser feito para receber o que me havia sido destinado. Busquei apoio entre políticos, mas o próprio Jeronymo Monteiro argumentou que nada poderia fazer. O caso passara da esfera do Legislativo para a do Executivo, a situação do país não era lá das mais tranquilas, falava-se em agitação nos quartéis, em insatisfações. O senador foi de uma sinceridade quase ríspida: não se via em condições de ir ao ministério tratar da liberação de dinheiro para a montagem de uma ópera sobre uma freira que recebia homens no convento, não era um tema adequado para ser tratado em meio a uma crise política e militar. Ainda mais, estávamos às vésperas do Carnaval. Dali a poucos dias, a preocupação com os rumos da Nação daria lugar à exaltação do prazer e do descompromisso, a cidade estaria de pernas para o ar, ninguém mais pensaria em trabalho, em recursos, em protestos, em requerimentos, por todo lado se ultimavam os preparativos para a grande festa. Cheguei a acreditar ser eu a única pessoa no Rio de Janeiro a não perceber a aproximação daquele tempo terrível.

— Meu querido, ilustre e talentoso maestro Julio Reis. Só mesmo o amigo para ignorar a chegada do Carnaval. A cidade assanha-se para a folia. Os blocos, as sociedades com as mulheres sobre os carros, os corsos. As melhores famílias da cidade já encomendaram flores para decorar os automóveis que desfilarão pela Avenida. Prezado amigo, esqueça um pouco essa sua freira tão pouco convencional. Acredite, do jeito que ela se comportava dentro de um convento, estaria, hoje, aqui no Rio, mais preocupada em conseguir algum disfarce para ganhar as ruas durante o Carnaval — disse-me o senador, sorriso no rosto, mão direita a segurar meu braço esquerdo. Diante da última frase, a referência deseducada a Mariana Alcoforado, levantei-me, cumprimentei-o de forma seca e parti. Protocolaria minha impugnação sem qualquer tipo de apadrinhamento, era um cidadão indignado que iria protestar contra a ofensa e o desmando. Ora se isto aconteceria com um Mozart, um Chopin, um Beethoven. Sim, eu não tinha a estatura de nenhum deles, mas, se dependesse da boa vontade da burocracia brasileira, jamais viria a sequer sonhar com a possibilidade de me aproximar desses gênios.

Resolvi caminhar um pouco para espairecer, pensar nos termos de meu recurso. Na esquina da Sete de Setembro, fui surpreendido pelo grito do Afrânio, um colega de repartição. Vendo-me amuado, procurou me animar, falou de planos, do novo ano e, como seria previsível, das perspectivas para o Carnaval.

— Então o maestro ainda não ouviu o novo sucesso? É só disso que se fala na cidade — observou, entusiasmado.

Eu não tinha a menor ideia do que ele me dizia. Súbito, Afrânio começou a cantarolar uma composição reles, uma espécie de maxixe de melodia paupérrima e versos constrangedores: "Essa nega / Qué mi dá / Eu não fiz nada / Pra apanhá (...)".

— É o novo sucesso do Caninha, lá da Cidade Nova. Pelo visto, apenas o nobre amigo não o conhece — insistiu o Afrânio. Surpreso diante de tamanha vulgaridade, olhei em volta, temia que alguma senhora o tivesse ouvido proferir aquela sordidez. Eu teria preferido ser poupado daqueles versos, não queria ser visto ao lado daquele sujeito que me impedia de correr dali, de retomar meu caminho e minhas preocupações. A que ponto havíamos chegado! Ao ponto do "Essa nega qué mi dá"! E eu lá preocupado com os dramas de Mariana Alcoforado, com os versos de Júlio Dantas, com o destino de minha partitura, com as tramoias do ministro. Enquanto isso, a cidade se preparava para o Carnaval, para cantar aquelas desprezíveis cançonetas pela rua. Composições pueris e pornográficas que, no máximo, poderiam ser interpretadas em cabarés, em ambientes fechados, para plateias masculinas. No entanto, eram alardeadas pelas ruas, ganhavam força e popularidade, chegavam aos ouvidos de moças e de senhoras. Todas ficariam sabendo que a tal da nega queria "dá". O autor daqueles versos — como era mesmo o nome dele? Sim, Caninha, da Cidade Nova (pelo apelido poder-se-ia depreender o tipo) — ficaria famoso, seria citado, elogiado, acabaria recebido pelo prefeito. A cançoneta poderia vir a ser entoada nos corsos que desfilariam pela Avenida, em meio a jorros de lança-perfume.

Sim, o Carnaval estava à espreita, nos observava com seus olhos lúbricos, ardentes; em breve chegaria, poria tudo a queimar. Os cortejos sairiam às ruas, cordões, blocos e ranchos ocupariam espaços públicos; as chamadas sociedades, os Fenianos, o Clube dos Democráticos, arrastariam multidões para seus préstitos, com seus carros apinhados de mulheres como aquela Aurora Rozani, chamada de "triunfo imortal da carne e da beleza", que desfilara nua pela cidade. Mesmo os jornais — que, a cada dia, reduziam o espaço para a boa música, para a apresentação e crítica dos grandes espetáculos — se rendiam às folias do populacho, abriam páginas para aquelas manifestações bárbaras, acolhiam cortes daquela gente miserável, fantasiada com roupas que remetiam a nobres ou a índios. Em meio a cerimônias patéticas, ao som de tambores e chocalhos, aceitavam receber e expor em suas sedes os símbolos, chamados estandartes, daquelas agremiações. Sim, os jornais, supostas trincheiras do bom gosto, da defesa da Arte, da Cultura, do Saber. Até eles aplaudiam e estimulavam aquela manifestação retrógrada, incompatível com a lógica de uma sociedade que se queria evoluída. Preso ao Afrânio, eu olhava para a Avenida, para a beleza de suas calçadas e vitrines, para a elegância de cavalheiros e senhoras que por ali passavam, e imaginava a invasão que, dali a alguns dias, se materializaria. Era como se os apelos da herança indígena e africana fossem suficientemente fortes para suplantar o esforço empreendido pelo governo federal e pela prefeitura. Seria necessário remover os cortiços entranhados nas mentes de meus conterrâneos, abrir neles novas e modernas avenidas para que enfim vicejassem a inteligência e o progresso. Pena que Pasteur não desenvolvera uma vacina capaz de imunizar-nos contra o que era tacanho e sórdido. Afrânio, chamado por um outro conhecido, com quem agora palestrava, distraiu-se e largou de mim. Se não me engano parecia repetir os versos daquele infame maxixe. Aproveitei a trégua, despedi-me rapidamente e retomei a caminhada.

Apesar da minha revolta, procurei ser respeitoso no requerimento em que solicitava o cancelamento da exigência de submeter minha partitura a uma comissão de professores. Insisti: o Congresso Nacional concedera-me uma dotação, não uma subvenção. Meus argumentos de nada adiantaram. Passado o Carnaval, no dia 17 de fevereiro, o Diário Oficial publicou despacho datado do dia 14, uma nova sentença assinada pelo ministro da Justiça.

Mantenho o despacho anterior, porquanto não é lícito ao Governo efetuar o pagamento requerido sem prévia fiscalização de sua legítima aplicação. Trata-se de um crédito destinado às despesas de montagem da ópera do requerente, despesas que podem ser inferiores ao crédito de 30.000$000, autorizado como limite máximo. A disposição orçamentária não tem caráter imperativo, como se afigura ao requerente; mas, sob a forma de autorização, está subordinada ao critério de governo, que pode ou não despender o crédito consignado e assim redigido:

"Verbas eventuais", de 30.000$000, para a montagem da ópera Sóror Mariana, *do maestro brasileiro Julio Reis.*

Não há, portanto, obrigatoriedade de pagamento imediato, sem prévio conhecimento do quantum *a despender e do valor artístico da ópera, para justificar a montagem.*

Sua Excelência agora insinuava que eu iria me beneficiar, de forma indevida, dos recursos destinados à montagem de *Sóror Mariana*. Além de tudo, eu ainda era vítima de tamanha calúnia, daquela incalculável ofensa. Como se eu não soubesse orçar o custo de uma montagem, eu que, por tantos anos, me dedicava a contar meus minguados tostões. A luta seria ainda mais longa, mas dela eu não desistiria.

O desafio de fazer cumprir a decisão do Congresso Nacional tomava-me praticamente todas as horas, transformara-se em uma quase obsessão. Depois da resposta negativa, apresentei outro recurso ao governo, que voltou a ignorar meus argumentos. Levei o problema a outros parlamentares, a amigos jornalistas e músicos, frequentei gabinetes, pedi audiências, cumpri todas as etapas que seriam necessárias para a liberação da verba a mim concedida. Via-me, porém, diante de uma orquestração muito mais eficiente que aquelas tramadas pelos grandes mestres da música. Era como se as elites políticas e musicais houvessem urdido uma conspiração capaz de me alegrar para, em seguida, desferir sobre mim o maior dos golpes. A corrente de solidariedade era tímida, amigos decerto temiam agastar suas relações com o poder, dali a alguns meses poderiam estar, eles mesmos, necessitados de algum apoio oficial. O acúmulo de dificuldades atrapalhava-me a vida, a concentração, tirava-me a paciência, gerava sucessivas desavenças com a Conceição e com o Paulo Vitor, criava bloqueios criativos, eu me sentia incapaz de fazer uma nova composição. Ao me colocar diante do piano ou de um caderno de pautas, pensava apenas em *Sóror Mariana*, na necessidade de concluí-la e de levá-la à cena. Ao deixar os dedos livres no teclado, eles corriam a executar alguns dos temas compostos para a ópera. A proposta de escrever uma opereta com base nos versos do poeta e jornalista Orestes Barbosa foi uma das vítimas daquele período. Nos encontramos, alinhavamos alguns pontos do trabalho, o assunto chegou à imprensa. *A Folha* até publicou que seria uma obra no "estilo vienense", mas a iniciativa não prosperou. Só pensava no destino de *Sóror Mariana*, no constrangimento que seria confessar a Júlio Dantas que as promessas não seriam cumpridas, que poderia não haver montagem, estreia, direitos autorais. Já não lhe bastariam os incômodos causados por aquele mequetrefe do Almada Negreiros que, em um grotesco manifesto, atirara, contra ele e mesmo contra Mariana Alcoforado, pedras de tamanho só comparável ao das que o pulha do dias me lançara.

Além de cuidar da minha carreira, não podia descuidar das atividades que colaboravam para o parco orçamento doméstico. Tornei-me redator da revista *Rio Musical*, de onde continuaria a defender a música e os artistas brasileiros. Frederico, a esta altura, estava na casa dos 20 anos, empregara-se no governo, manteria a tradição familiar com o serviço público. Nossos contatos eram esparsos, eu o mantinha mais ou menos informado de minhas lutas. Mas, àquela altura, ele também tinha mais o que fazer, cuidar do emprego, arranjar-se na vida, casar-se. Não seria razoável transtorná-lo com mais este problema.

Em meio à decepção, uma alegria que ajudaria a reforçar as inúmeras contradições da estrutura pública. A Diretoria de Propaganda, Publicidade e Festejos do Ministério da Justiça e Negócios Interiores, o mesmo que se recusava a pagar a dotação aprovada pelo Congresso, me convidou para apresentações durante a Exposição Internacional do Centenário da Independência, aberta em 1922 e que ocupava uma grande área onde antes havia o Morro do Castelo. Desta vez não haveria surpresas, o Festival de Música Brasileira que se realizava no Palácio das Festas, uma das mais imponentes construções da área da exposição, acolheria algumas de minhas obras, entre elas, a *Serenata burlesca*, a *Caravana celeste* e a *Vigília d'armas*. Todas integrariam a primeira parte de um programa que seria concluído com a estreia de *Heliophar*. Chegava a ser inacreditável. Flávio da Silveira, diretor da Comissão de Festas da Exposição, resolveu conceder-me uma subvenção para montar a ópera. Em maio de 1923, recebi correspondência em que ele comunicava a liberação de 8.750 contos, pouco dinheiro, mas suficiente para uma montagem modesta, uma apresentação que impediria minha trágica heroína de morrer sufocada em alguma gaveta de Merity. Ela teria direito a um fim digno, sangraria em um palco, cantando, acompanhada de outros solitas e de uma orquestra, não seria vítima de falta de ar ou de alguma alergia causada pela poeira que já então se acumulava sobre a partitura.

A burocracia brasileira revelava mais uma de suas faces. A verba aprovada pelo Congresso e incluída no orçamento da União continuava retida; a subvenção decidida por um funcionário seria logo liberada. Como entender? Achei mais simples pegar o dinheiro e tratar da montagem. Não podia perder a oportunidade de me apresentar numa feira como aquela, que reunia pavilhões de países como França, Estados Unidos, Inglaterra, Itália, Argentina e Portugal. Cerca de 80 prédios foram erguidos na esplanada criada, entre o Monroe e a Ponta do Calabouço, graças a aterros e ao arrasamento do Morro do Castelo. A exposição tornara-se um passeio obrigatório, abrira ainda mais o Rio de Janeiro para o mundo. Gente de todas as partes vinha à cidade, era a minha chance de mostrar meu trabalho para um público mais amplo, menos submetido às modernidades que vicejavam por aqui. O Palácio das Festas, que ficava no fim da Avenida das Nações, era uma construção provisória, mas requintada, construída com muito esmero e bom gosto, um gigantesco pavilhão com estrutura em madeira. Sua fachada era sustentada por diversas colunas que levavam a um pórtico monumental, decorado por esculturas que representavam a nossa Pátria. *Heliophar* teria direito a um palco digno, enquanto que a pobre Mariana continuava a penar, vítima de sua paixão, da insensibilidade de seu amante, da rigidez da Igreja e, por último, da teimosia de nossos dirigentes.

O valor da subvenção não permitia excessos, mas foi suficiente para a contratação de cantores como o tenor José Vasques, que faria o papel de Anor, e da *mezzosoprano* Dolores Belchior, responsável pelo papel-título. O coro seria o da Associação Brasileira de Canto; a Grande Orquestra do Centro Musical, com 60 professores, teria a regência do maestro Arthur Sanfilippo. Nada mau para quem, como eu, passara os últimos dois anos e meio tentando reger um desafinado coro de autoridades. Alguns problemas obrigaram a que a apresentação fosse adiada de maio para 1º de julho, dia que marcava o encerramento da exposição. A coincidência de datas não me foi favorável, os jornais dedicavam-se mais à cobertura de eventos como jantares e recepções, não pareciam muito dispostos a mandar representantes para a estreia de uma ópera criada por brasileiros e cantada em português. A troca de datas foi, por outro aspecto, providencial. O Rio de Janeiro recebia, naquele mês de julho, a visita de Júlio Dantas, sim, o autor da peça que se transformara no *libretto* de *Sóror Mariana*. O homem que, três anos antes, autorizara, de próprio punho, o uso de seus versos na ópera que eu então tinha acabado de compor. Aquele mesmo a quem eu assegurara que, em breve, nossa criação seria levada ao palco. A importância de dedicar-me aos detalhes que envolviam a apresentação de *Heliophar* serviram de desculpa para que eu sequer tentasse encontrá-lo. Passados tantos meses, não teria o que dizer a ele, evitaria aborrecê-lo com relatos de minhas peregrinações a gabinetes. Como encará-lo, dizer que, para Mariana, seria mais fácil obter o perdão divino que a compreensão de nossas autoridades, todas surdas aos apelos da Arte? Se dependesse de nossos burocratas, a jovem freira permaneceria enclausurada, teria seus gritos abafados, suas paixões ainda mais reprimidas. Nossos homens de Estado, nossos representantes, condenavam ao silêncio a sina daquela jovem. Por eles, o mundo jamais conheceria a ópera que contava a sua história, seu desespero, o desvario de entregar-se a um homem em uma casa dedicada ao recolhimento e à oração. O Estado brasileiro decretava uma nova pena a Mariana. Ao contrário do bispo, que, no final da peça, se torna porta-voz de uma absolvição para a noviça, nossos governantes condenavam minha criação a passar a eternidade no limbo, escrava do pecado original não redimido por um batismo nos palcos. Eu permaneceria no purgatório, a pagar, com minhas idas e vindas a repartições, pelo sacrilégio de ter ousado me tornar um compositor lírico em um país que adorava apenas valorizar o que vinha de fora.

Pouparia o Dantas de minhas lamúrias, ele que ficasse em paz com suas conferências sobre temas como o amor na obra de Camões. Que cumprisse sua agenda de festas, recepções e apresentações também em São Paulo e Belo Horizonte. Mandei-lhe um cartão, saudei-o e lamentei a falta de tempo para encontrá-lo. Que aguardasse: em breve teria boas notícias sobre a estreia de *Sóror Mariana*.

Hoje, quase dez anos depois, ao escrever estas linhas, arrependo-me da inocente mentira pregada ao Dantas no cartão em que anunciava para breve a montagem da ópera; com o gesto, semeei o descrédito em relação a mim mesmo. Ele havia sido muito correto, autorizara de pronto a adaptação de sua peça, merecia ter sido informado dos meus infortúnios. Quem sabe se ele, um escritor consagrado, não poderia ter usado de sua influência para liberar a dotação? Mas, na época, encontrava-me deprimido, sem condições de avaliar meus atos. Criava devaneios que explicassem o provável fracasso daquela empreitada, imaginava até razões sobrenaturais para o fado que protagonizava. Quem sabe Deus não jogara sobre minha criação a ira acumulada pelo desvario de Mariana? É possível que Ele tenha decidido não permitir publicidade ainda maior para aquele caso de traição aos votos religiosos. Não, não seria crível imaginar que o

Todo-Poderoso decidisse concentrar todo o Seu infinito poder sobre a humilde criação de um artista. Isto, apenas para impedir que *Sóror Mariana* fosse representada. Prefiro acreditar em outro tipo de conspiração, humana, sórdida, desprovida de qualquer sentido ético ou de justiça.

Apesar de todos os meus esforços, a palavra ministerial não mudara, eu teria que submeter minha partitura a um grupo de professores caso desejasse obter a verba a mim destinada pelo Congresso. Meus requerimentos e as respostas repetiam-se em um mesmo padrão, chegavam, pela monotonia e falta de criatividade, a lembrar algumas das composições de caráter moderno que continuavam a arrebanhar admiradores em nossas terras. Mas nossos burocratas se revelariam mais criativos que muitos dos novos compositores. Chegava a ser fascinante sua capacidade para o improviso, para a elaboração de fugas das mais variadas e de contrapontos que fariam inveja a um Bach. Nossos homens de governo eram muito melhores que os Debussy, Satie e Scriabine. Exageravam no uso de alguns adereços, penduricalhos que escondiam a falta de conteúdo, mas, é forçoso admitir, ao teclado de suas máquinas de escrever, eram capazes de empreender variações que fariam cair o queixo do espectador mais exigente, movimentos compatíveis com os mais radicais teóricos surrealistas que haviam lançado seu manifesto em Paris. Havia, quem poderia imaginar, um André Breton escondido em algum gabinete do Ministério da Justiça e dos Negócios Interiores. Sim, somente um homem com a capacidade imaginativa do escritor francês e com ele alinhado no objetivo de propagar o abandono da lógica e da realidade seria capaz de produzir um documento como aquele, um despacho, de março de 1924, que daria novas cores à minha insana batalha pela montagem de minha ópera, um ofício que deveria constar de uma antologia dos absurdos administrativos. Com um mínimo de boa vontade, aquelas poucas palavras haveriam de merecer lugar de destaque na produção ficcional brasileira.

Publicada no Diário Oficial, a decisão atribuía a mim a responsabilidade pela não liberação da verba. Isto porque, ressaltava o documento, eu não havia montado a ópera em 1921, quando a dotação estava prevista no Orçamento da República e o crédito fora consignado. Ocorrera o oposto! Eu não promovera a montagem porque deixara de receber a dotação. Eu era a vítima, não o culpado! Algum burocrata conseguira a façanha de inverter os papéis daquele inacreditável *libretto* e jogara sobre meus ombros a responsabilidade que cabia apenas a ele e a seus asseclas. Eles não se deixavam vencer. Movidos por uma força indômita de fazer inveja a Pery, tratavam de desdobrar seus absurdos, de alicerçar seus risíveis e cruéis argumentos. Em 29 de março de 1924, a Diretoria da Contabilidade do Ministério fez publicar um aditamento a um expediente do dia 17 daquele mesmo mês. Depois de culpar-me pelo fracasso da empreitada, o governo lançava-me um desafio:

Julio Reis, alegando ter o Congresso Nacional lhe concedido a dotação de 30.000$, como auxílio para a montagem de sua ópera Sóror Mariana. — *Prove que fez a montagem da ópera no exercício a que pertencia o crédito orçamentário.*

Reli diversas vezes aquela manifestação oficial, não podia acreditar no que ali estava escrito. Depois de três anos de luta, o governo dizia que só liberaria o dinheiro caso eu provasse ter feito a montagem de minha obra. Obra que só não foi levada à cena porque o governo não havia liberado a verba. Era absurdo demais, a situação tomara um rumo inexplicável, imaginava que, dali a pouco, eu seria obrigado a devolver a verba que jamais recebera. Concluía ser vítima de inveja, intriga ou de maldosas sugestões. Apenas uma perseguição implacável poderia explicar tamanhos absurdos. Eu estava prestes a completar 61 anos, não tinha mais idade para me submeter a tantos caprichos e ofensas.

No fim daquele mesmo ano, sensibilizado com minha amargura, o amigo Jeronymo Monteiro faria uma nova tentativa. Apresentou no Senado uma emenda para o orçamento de 1925 que abria um crédito para o pagamento devido desde 1921. A iniciativa, porém, seria derrubada pela Comissão de Orçamento, que decidiu encampar os argumentos do Ministério da Justiça. Sentia que este tinha sido uma espécie de golpe fatal e definitivo. Havia dois anos que eu abandonara a publicação de minhas críticas às óperas que eram apresentadas no Rio. Estava cansado, esgotado, as marchas e contramarchas relacionadas à montagem de *Sóror Mariana* haviam consumido minhas forças e as esperanças de um reconhecimento mais efetivo de meu trabalho. Fiz ainda uma última tentativa, uma carta ao presidente da República cuja resposta, uma década depois, ainda aguardo. Continuei a trabalhar como jornalista, mas percebia que minha trajetória de compositor aproximava-se do fim. Não me era fácil admitir a derrota, apenas um ano antes minhas obras haviam sido aplaudidas na Exposição do Centenário, recebi congratulações, brindes, abraços e promessas de ajuda que jamais seriam cumpridas. Um sucesso passageiro, sem maiores consequências. Na prática, aquele belo concerto foi um canto de cisne, minha última grande oportunidade de apresentar meu trabalho diante de uma plateia qualificada. Que me desse por satisfeito. Vez por outra recebia algum alento, como o cartão, enviado pelo professor Alfredo Fertin de Vasconcellos, em que comunicava a inclusão de meu nome entre os dos autores que faziam parte da programação do Instituto Nacional de Música. Não deixava ser um reconhecimento, ainda que tardio e de poucas consequências práticas.

    O pior era a sensação de ter perdido uma disputa contra o tempo, como se, naquelas últimas duas ou três décadas, eu não tivesse conseguido conciliar minha velocidade com a do mundo que me cercava. No fim do século passado, julgava-me à frente de meus contemporâneos, muitos se surpreenderam com minha rápida ambientação à Capital Federal. Apesar da falta de sobrenome e de dinheiro, conseguira penetrar naquele grupo restrito de homens que buscavam ter alguma influência na vida cultural da cidade e do país. Conquistei elogios e até uma recomendação da nossa maior referência, o grande Carlos Gomes. Ocorreu aí a primeira das falsetas que o tempo me pregaria. O apoio daquele ex-protegido do Imperador chegou quando a nobreza já havia sido exilada. Nos primeiros anos depois da virada do século, lancei-me em uma cruzada inglória, contra a propagação de uma música que dispensava a melodia e antecipava a linha de montagem que Henry Ford adotaria pouco depois. Mas o mundo parecia movido a eletricidade, era mais rápido e mais contundente, inclusive nas guerras e nos modismos. Uma velocidade que, como os aeroplanos que começavam a riscar os céus, suplantava tudo o que tinha sido estabelecido. Nem mesmo as fronteiras nacionais resistiam às mudanças que afetavam a vida e o trabalho de todos. Nossa cidade não escapara àquela avalanche, fora revirada, milhares de pessoas tiveram que se arranjar em outros sítios, ficaram sem suas casas do dia para a noite. Morros e praias haviam desaparecido, nossos mapas envelheciam a cada ano, não resistiam a tantas mudanças. A gigantesca onda que afogava tudo o que restara do século anterior não deixaria de atacar os alicerces da Arte. Vítima dos mais diversos exércitos, cercada pelos modernistas e pelos arautos da vulgarização, a música sangrava. Os grandes palcos eram profanados por sons mais compatíveis com os de uma fábrica; nossos palácios recebiam composições da pior espécie, ritmos vulgares e buliçosos chegavam a ser oferecidos como atração em recepções para integrantes do corpo diplomático. Enquanto eu me via cercado de dificuldades, alguns se tornavam eleitos pelos que cultivavam o prazer da novidade pela novidade. Beneficiados eram aqueles que participavam do pacto que visava a destruição do edifício da música, construído ao longo de tanto tempo, à custa de talento e de esforço. Os que melhor se saíam nesta empreitada demolidora eram premiados, recebiam do governo ajuda para estudar e se apresentar na Europa. Depois, alguns seriam agraciados com generosos empregos públicos. Para completar minha decepção, vivi o suficiente para ver o Theatro Municipal se transformar em cenário de uma orgia, de um baile de Carnaval. É bem provável que, durante aquele culto pagão que profanava nosso santuário musical, tenha sido executada alguma obra-prima do tal Caninha, o da Cidade Nova. Eu, que tivera apenas uma de minhas composições tocadas naquele palco — mesmo assim, durante uma audição de peças de 30 autores —, ainda me vi obrigado a saber da eventual consagração, no principal teatro do país, de Caninha e de seus assemelhados.

Mas também me diverti. Conquistei um bom lote de aplausos, deitei-me com algumas belas mulheres. Engoli o desgosto de ver Isadora Duncan se mostrar enamorada por aquele gordo e efeminado jornalista, conhecido pederasta que, no entanto, teve o prazer de vê-la dançar, desnuda, na Cascatinha e na Praia do Leme. A mim restou sonhar com um jantar íntimo que jamais viria a ocorrer. Em nome da música, perdi Isabel; por causa da música fui obrigado a contentar-me com a pobre e calada Conceição, que não reclamou nem mesmo quando a chamei para comunicar a difícil situação pela qual passávamos. Nossas obrigações mensais beiravam os 700$000. Só de aluguel pagava 180$000, as despesas com armazém, venda, padeiro, açougueiro e leiteiro chegavam a 314$000. Estava velho, encaminhava-me para os 70 anos, não tinha mais como manter todas aquelas despesas. Seríamos obrigados a recorrer a meu filho, Frederico. Constrangido, saí de Merity e fui até a Estação de Piedade ter com ele. Expliquei-lhe a situação, pedi ajuda, abrigo em sua casa, me dispus a colaborar com os gastos adicionais. Meu filho abriu as portas de seu lar, disse que não deveríamos nos constranger em nos mudarmos. O local era espaçoso, acolheria com razoável conforto seu pai, a madrasta e o meio-irmão.

É daqui, de Piedade, na casa da Rua Sousa Cerqueira, que escrevo estes apontamentos um tanto quanto incompletos. Deixo este texto apenas como testemunho de um artista e de seu tempo, memórias que ficarão escondidas entre meus papéis. Após minha morte, Frederico saberá o que fazer com este material, possivelmente nada haverá de ser feito. Procurei não me ater a um excesso de detalhes e também evitei seguir uma cronologia muito rígida. Escrevi o que tive vontade de escrever — até porque esta foi a minha primeira e única obra feita para ser póstuma. Como não estarei aqui para eventuais aplausos ou vaias, pouco me importa. A busca da fama e do reconhecimento me tomou excessivos esforços, não seria agora, liberto da necessidade de almejar qualquer lugar no Olimpo, que iria medir palavras para escrever o que classifico de *Inventário*. Um nome não escolhido ao acaso. Inventário, dizem os dicionários, é uma reunião detalhada de fatos, de elementos. Mas a palavra, com suas dez letras, é grande o suficiente para abrigar o verbo inventar. Ambos os verbos, inventar e inventariar, parecem manter uma convivência pacífica. Pretendi, nestas páginas, dar prosseguimento a esta boa relação, algo necessário para suprir alguns episódios que me escaparam da memória. Mas, fique tranquilo, a dose de invenção não foi exagerada; não falseei fatos, não exagerei nos aplausos, nem, por motivos óbvios, nas vaias e nos xingamentos.

São memórias um tanto desorganizadas, nem sempre tive paciência de revirar papéis em busca da exata documentação que comprovasse minhas palavras e que gerasse um fato passível de ser encarado como histórico e verdadeiro. É doloroso mexer no meu acervo, encarar obras que, como bebês natimortos, nunca tiveram a oportunidade de ganhar vida, de arriscarem-se em um palco. Além do mais, embora disponha de um tempo ilimitado, me são escassas as condições de pesquisa e redação. Em que pesem os esforços de minha nora e a complacência de Frederico, não há atividade intelectual capaz de permanecer imune à algazarra de tantas crianças e vizinhos. Talvez tenha havido alguma vantagem neste descompromisso, que, de resto, creio ter contaminado todo o texto. Aqui usei de uma prosa mais despojada que a por mim adotada em meus artigos, críticas e livros. A idade, o barulho dos petizes e mesmo o calor que faz aqui em Piedade me obrigaram à busca de uma linguagem mais direta. Pode não parecer, mas — lamento só ter chegado a esta conclusão agora — o excesso de adornos tem sobre um texto o mesmo efeito de gravatas e casacas na vestimenta: a eventual e questionável beleza agregada nem sempre compensa o desconforto proporcionado ao cidadão que as usa. Neste verão, os excessos de linguagem pareciam aumentar a sensação de abafamento. Assim, tentei tornar este relato mais simples e, espero, agradável.

Apesar do tom grave de muitos de meus lamentos aqui registrados, é forçoso fazer uma ressalva. A eventual e improvável publicação destas linhas representará uma ironia. Durante toda minha vida tratei de buscar leitores e ouvintes. Obtive algum sucesso nessa busca, mas acabei vencido por inimigos por demais poderosos. A glória, como a mulher, é *mobile*, qual *piuma al vento*. E, infelizmente, os ventos que sopraram em minha trajetória nem sempre foram aqueles capazes de empurrar veleiros; alguns sequer teriam força para sustentar uma pluma por muito tempo no ar. Mais efetivas foram as tormentas que procuravam me levar ao naufrágio. Será, portanto, curioso — e, como disse, irônico — se, depois de tantas e tantas investidas, essas minhas descosidas memórias tiverem algum tipo de publicidade. Minha ausência física pode colaborar para uma — repito, improvável — tardia consagração. Nem eu nem meus detratores estaremos vivos, seria um reconhecimento que de nada serviria para engordar algibeiras ou elevar vaidades. Escrever estas anotações trouxe-me alguma tristeza, não é simples rememorar determinados episódios. Mas o trabalho não deixou de ser também uma fonte de distração, já que só à noite vou ao piano. Foi, no fim das contas, um bom exercício, uma tentativa de dar alguma ordem e sentido às experiências que vivenciei. Assim, afastado no tempo, é possível que tenha conseguido ver melhor o que comigo ocorreu. Nem sempre quem vê de perto vê melhor, se você tiver mais de 40 anos haverá de concordar comigo.

Que fique claro: para evitar aborrecimentos desnecessários, reafirmo que só permito a eventual publicação destas páginas após a minha morte e a de minha companheira, Conceição. Não quero que ela tome conhecimento de algumas estripulias que cometi. A divulgação, portanto, deste material só poderá ser feita depois que eu e ela não estivermos mais no mundo dos vivos. Caberá a Frederico zelar pelo cumprimento destas normas. Se houver uma excessiva demora na edição deste manuscrito, isto terá representado apenas a continuidade ao processo de esquecimento a que, ainda em vida, inimigos tentaram me condenar. É forçoso admitir que eles tiveram um bom desempenho nessa empreitada, foram competentes ao urdirem a trama da conspiração do silêncio que um dia tratei de denunciar. Mas, voltando a citar o *Rigoletto*, não creio que o melhor seja, agora, reavivar antigas mágoas. A arte, como a mulher, torna infeliz quem a ela se entrega, quem lhe confia o coração, mas nunca se sente completamente feliz quem, naquele seio, não saboreia o amor. Como ressaltei nas últimas linhas de meu livro *Música de pancadaria*, sempre acreditei na necessidade de cultivar o jardim da arte brasileira: para nele adquirirmos os louros com que devemos coroar os que trabalham para o engrandecimento de nossa Pátria ou, ao menos, para, mais tarde, lá coletarmos as folhas de junco com que iremos cobrir seus túmulos; homens e mulheres que, vítimas da miséria humana, só recebem depois da morte a justiça a que tinham direito em vida. Apesar de tudo, fico feliz em admitir a possibilidade de um pouco de minha história vir a ser conhecida. Como bem me ensinou o padre Taddei, não se pode contestar a possibilidade de, neste exato momento, eu estar, aqui de cima, acompanhando essa sua leitura.

J.R., 1932

Dom Quixote e burguês

A reportagem ocupava quase uma página da edição de 8 de dezembro de 1936 da revista *Noite Ilustrada*, suplemento do jornal *A Noite*. Três anos depois da morte de Julio Reis, a publicação enviou um repórter à Rua Sousa Cerqueira para entrevistar Frederico e relembrar as dificuldades enfrentadas pelo compositor para tentar liberar a verba destinada à montagem de *Sóror Mariana*.

Julio Reis foi um tipo popularíssimo. Toda a cidade o conhecia pela figura que, ao palmilhar as ruas, despertava atenção. Alto, ossudo, com os óculos a cavalo no nariz, calças apertadas, plastron, colete esquisito pela cor e feitio, e amplo chapéu de feltro, surgia sempre nas rodas de boêmios e literatos da época com o seu misto de D. Quixote e burguês. Apesar de funcionário público, compunha valsas, sinfonias, serenatas etc. Foi crítico musical de diversos órgãos da imprensa carioca.

Frederico relia, mais uma vez, a página da revista. A matéria era ilustrada com uma foto de Julio Reis — um quase perfil que acentuava seu ar grave, quebrado apenas pelo desalinho dos fios do bigode. Outra fotografia mostrava o repórter acompanhado de Frederico e de três de seus filhos. De terno escuro, ele lembrava o pai no porte e na fisionomia, a semelhança não era absoluta apenas pela ausência de bigode. A armação dos óculos tinha o mesmo formato da usada pelo compositor. De pé, ele segurava uma das filhas no colo; vestidos com roupas de marinheiro, seus dois meninos estavam sentados numa janela, atrás do pai — um deles abraçava uma bola de futebol. A revista trazia também uma caricatura do músico feita por Calixto e o fac-símile da carta em que Júlio Dantas autorizava a transformação de sua peça em ópera.

A reportagem fora apenas mais uma das publicadas depois da morte de Julio Reis. Na primeira página de sua edição de 21 de setembro de 1933, *A Noite* registrava o "desaparecimento" do maestro e lembrava sua amizade com intelectuais como Álvares de Azevedo, Olavo Bilac, Guimarães Passos e Henrique Hollanda. A exemplo do pai, Frederico tivera o cuidado de corrigir os erros dos jornalistas. Não, ao contrário do que dizia o *Jornal do Brasil*, Julio Reis não fora o autor de *Sobre as ondas*; *Sóror Mariana* não havia sido executada, na Exposição Internacional do Centenário, sequer tinha sido alguma vez tocada. A caneta de Frederico tratou de reparar os equívocos.

Em outubro de 1936, o *Jornal do Brasil* se redimiria. Artigo de Hilario Cintra recordava os três anos da morte do compositor e ressaltava suas qualidades de improvisador e sua amizade com Ruy Barbosa.

Teve muitas vezes Julio Reis de improvisar diante do grande Ruy, que o considerava como um dos mais inspirados compositores brasileiros. Aos domingos, depois do almoço, numa intimidade afetiva, o formidável tribuno, rodeado de sua família, conduzia o saudoso compositor à sala de música e aí, durante algumas horas, temas eram desenvolvidos por ele.

Frederico seria capaz de recitar trechos inteiros de cada uma daquelas reportagens. Envaidecia-se com os elogios ao seu pai; revoltava-se com o esquecimento a que ele fora condenado, com o descaso das autoridades. A frustração representava como uma segunda morte do compositor. Sofrera com a primeira, mas consolara-se com a perspectiva de uma remissão. Dedicaria parte de sua vida à obra de Julio Reis, a levaria aos palcos, aos grandes teatros, não seria razoável supor que aquele silêncio se eternizasse.

Rio de Janeiro, 4 de outubro de 1938

Com referência ao assunto do requerimento dirigido ao Exmo. Sr. Presidente da República, cumpre-me comunicar-lhe que a Escola Nacional de Música, por intermédio de uma comissão de três professores, examinou a ópera Sóror Mariana, *de Julio Reis. Verifica-se pelo parecer da Comissão que a obra tem qualidades artísticas apreciáveis, mas os seus julgadores se eximem, entretanto, de um conceito definitivo, porque não lhes foi presente a partitura da orquestra, que, parece, o autor não chegou a realizar. Informa o Ministério da Educação que quando dispuser de um conjunto de artísticas líricos, e feita a necessária instrumentação da ópera em apreço, poder-se-á levá-la à cena.*

Cordiais saudações
Oficial de Gabinete
Presidência da República Federativa dos Estados Unidos do Brasil

Nem depois da morte de Julio Reis o serviço público deixava de lhe pregar falsetas, agora cobrava do finado a orquestração da obra, trabalho que ele não fizera por falta de recursos. Afinal, teria que se afastar ainda mais de suas tarefas para poder dedicar-se à empreitada. Sem a garantia da liberação do dinheiro, não tivera como concluir a partitura, definir o papel de cada instrumento. Isto, Frederico não poderia fazer. Vinha tentando ocupar o papel de seu pai diante dos órgãos oficiais, encaminhava requerimentos, pedia audiências. Mas não era Julio Reis, não poderia preencher os hiatos daquela partitura. Não teria como substituir o pai na tarefa de burilar *Sóror Mariana*. Isto seria tarefa para algum compositor que se dignasse a mergulhar naquele manuscrito e estabelecer uma espécie de parceria póstuma com o autor dos temas. Nada impossível de ser feito desde que houvesse um mínimo de boa vontade. Mas não. O Estado — depois de se negar a liberar a verba concedida e de cobrar a realização de apresentações que, por sua causa, foram abortadas — agora lamentava a inexistência de uma partitura completa da obra.

Décadas depois, as frustrações se repetiam. A caixa de madeira preta passara também a guardar cópias de cartas enviadas por Frederico a jornais. As respostas e as ausências de respostas se harmonizavam, formavam um mesmo conjunto. Até o *Jornal do Brasil*, que tanto destacara o papel de seu pai, tergiversava. Em carta ao Departamento Educacional do jornal, pedira ajuda para a montagem de uma sinfonia. Como resposta, apenas o convite para assistir a um concerto no Instituto de Educação e a manifestação de interesse para uma conversa "sobre música erudita e sua divulgação principalmente entre os jovens". Frederico tinha pouca esperança de receber resposta à carta enviada à direção de *O Globo*; uma correspondência protocolada, ele guardara o Aviso de Recebimento que lhe fora entregue pelos Correios. Uma carta não muito longa, em que solicitava a inclusão de *Vigília d'armas* na série de concertos populares que o jornal promovia pelo país. Ele passou a controlar a chegada diária do carteiro, a aguardar alguma ligação para a casa do genro. Sequer conseguira inscrever uma das composições de seu pai em um concurso para obras sinfônicas, só eram aceitas partituras de autores vivos, a organização determinara que obras, inéditas deixadas pelos mortos seriam também sepultadas.

O rol de desculpas parecia interminável. Frederico via-se cercado, isolado, líder de uma espécie de religião que não arrebanhava fiéis, não conquistava seguidores. Pior: seu culto à memória do pai e àquele maço de papéis era visto como responsável por boa parte das dificuldades enfrentadas pela mulher e pelos filhos. Sua fé na remissão da obra de Julio Reis teria comprometido a salvação da família. Mas não havia saída para ele, manteria sua peregrinação, atualizaria, mais uma vez, a pequena biografia de seu pai.

De conformidade com os documentos em meu poder, Julio Cezar do Lago Reis, filho do Dr. Antonio Manoel dos

Reis e da Da. Francisca Luiza do Lago Reis, nasceu no estado de São Paulo, aos vinte e três dias do mês de outubro de 1863. Desde tenra idade propendeu para a música, tanto assim que, com apenas 13 anos de idade, compôs uma Ave-Maria, *a qual logrou a honra de ser executada sob a regência do maestro Henrique Alves de Mesquita, quando da Festa de Santa Cecília, celebrada na Igreja do Santíssimo Sacramento, em 1883. Em dezembro de 1887, a pedido de D. Antonio de Macedo Costa, bispo do Pará, Julio Reis escreveu uma importante* Marcha triunfal, *para órgão, oferecida a S.Santidade o papa Leão XIII, peça essa que foi executada em Roma, por ocasião do seu jubileu sacerdotal.*

Ligado na casa ao lado, o rádio trazia uma notícia que parecia solene. Os acordes da abertura do *Guarani* haviam precedido o anúncio de algo grave, alguma mudança no país, uma reação do governo à ação de subversivos, algo assim. Em meio aos ruídos que chegavam da cozinha, dos diálogos entrecortados da novela na TV, dos rabos de conversa de vizinhos, Frederico parou por alguns instantes a enumeração das qualidades de Julio Reis para tentar decifrar o que dizia o locutor. Não se importava muito com a política, gostava da tranquilidade trazida pelos militares que, havia mais de dez anos, despacharam aqueles desordeiros para bem longe. Todos agora podiam trabalhar em paz, sem medo de arruaças, greves, piquetes, comícios. Sobraram alguns renitentes, os bagunceiros de sempre, como aquele deputado que ofendera o presidente na televisão. Um irresponsável, provocador. Eram tipos como aquele que impediam o nosso crescimento, que jogavam toda a Nação no atraso, na pobreza. Fechado no quarto, Frederico desligou o barulhento ventilador Electrolux, levantou-se e abriu uma das bandeiras da janela. Queria compreender aquelas palavras. Apenas algumas conseguiam driblar os obstáculos sonoros que se impunham na vila — mencionavam fechamento do Congresso, cassações de mandatos, mudanças nas regras das eleições. Mas não haveria com que se preocupar. O governo sabia o que fazia, um pouco de autoridade não fazia mal a ninguém; muito pelo contrário. O Brasil tinha quem cuidasse dele.

Frederico fechou a janela e voltou a sentar-se diante da pequena máquina de escrever. Era preciso atualizar a história da vida de seu pai, melhorar o texto que fizera alguns anos antes. Mais uma vez arrolaria fatos marcantes, louvações, aplausos entusiásticos, as sinfonias, as óperas, os livros, o domínio do francês, do espanhol e do italiano, os sólidos conhecimentos de latim. Não conseguia entender o porquê de tudo aquilo ser ignorado, desprezado. Como se fosse corriqueiro ter um patrício com tantas e tantas qualidades. Como se homens como seu pai fossem encontrados em cada esquina. Talvez ele, Frederico, é que fosse um desses subversivos, um homem que lutava contra a ignorância, contra a miséria da indiferença. Aquelas cartas eram suas armas, ainda que frágeis, incapazes de provocar qualquer dano. Ao contrário dos sindicalistas que, anos antes, quase incendiaram o país, não dispunha de massas capazes de ir às ruas protestar contra o destino da obra de seu pai. Gostaria, sim, de fazer um daqueles comícios. Levaria músicos para os palanques, de seus instrumentos sairiam gritos contra o descaso e a insensibilidade que continuavam a perpetuar o esquecimento de Julio Reis. Quem sabe se, diante do ribombar dos tímpanos, do alerta vindo das trompas e mesmo do lamento que emergiria dos violinos, as autoridades acordassem, percebessem o mal que ajudavam a manter? Quem sabe organizaria os músicos em passeata, de palácio em palácio? Eles fariam desfilar acordes pelas ruas da cidade, deixariam patente o protesto pelo desprezo da boa e verdadeira música.

Qual. Como ele, um funcionário público aposentado, poderia ser capaz de arregimentar músicos, de convencê-los a gritar em favor da obra de um compositor que morrera havia mais de quarenta anos? Sabia também que não se arriscaria a provocar um governo, ainda mais um como aquele, formado por militares. Nunca desafiara autoridades, procurara sempre cumprir seu dever de funcionário rígido, que se queria exemplar. Tinha cuidado com suas roupas, com o texto de seus requerimentos, com o teor de suas petições. Prestava contas de cada centavo, anotava cada problema, cada suspeita de desvio. Não seria agora, recém-aposentado, que iria criar caso, inventar problemas. Insistiria, escreveria mais cartas a jornais, revistas, ministros, presidentes, maestros. Não sossegaria enquanto não ouvisse um sim, a palavra mágica que abriria os palcos à execução de *Vigília d'armas* ou de *Sóror Mariana*. Não tinha nada a perder, aposentado, precisava de alguma atividade, de algo que justificasse sua vida. Algo além das atribulações familiares, das discussões com Lilina, das reprimendas aos filhos. Não ficaria à mercê da barulheira da vila, dos gritos das crianças, do lixo da televisão e das rádios populares que insistiam em torturar seus ouvidos. Não se restringiria à leitura dos recortes de jornais velhos, à regular audição dos concertos transmitidos pela Rádio MEC, não depositaria todos os seus sonhos em bilhetes de loteria.

Escreveria, escreveria, escreveria. Mandaria um pedido de ajuda ao embaixador de Portugal, seria razoável que ele e seus patrícios aqui radicados se unissem para permitir a montagem de *Sóror Mariana*. Lembraria o pronto e entusiástico apoio de Júlio Dantas à empreitada, os laços de fraternidade que uniam os dois países. Concluiria mais uma versão resumida da vida e obra de Julio Reis. Pediria novas audiências, levaria cópias de documentos, de partituras. Ainda havia em atividade maestros que conviveram com seu pai, eles o conheciam, o admiravam. Estavam hoje refestelados em poltronas confortáveis, empoleirados em cargos públicos, desfrutando as benesses do poder. Não seria possível que continuassem a ignorar suas cartas, seus apelos. Queria pouco, muito pouco. Depois de décadas de trabalho, aposentara-se com direito a pouco mais de um salário mínimo, morava na casa comprada pelo genro, sentia-se questionado pelos filhos que tão cedo pusera para trabalhar. Como os soldados retratados por Edouard Detaille em *Le Rêve*, Frederico, apesar das sucessivas derrotas, insistia em imaginar grandes conquistas, como os sonhos que emergiam daquela gigantesca pintura, de 12 metros quadrados. Não se abateria com as derrotas, não fora daquela vez, poderia ser da próxima. O fundamental era ter toda a papelada em ordem para o dia em que conseguisse despertar o interesse de algum mecenas. Encerraria o resumo biográfico com local e data da morte de seu pai.

Algo mudara nos últimos anos. A vila parecia mais calma, pelo menos ao ser percebida daquele quarto com janela voltada para o caminho que dava acesso às casas, por onde circulavam vizinhos e seus filhos, padeiros, carteiros, pedreiros, prestadores de serviço. Era também dali que vinham os comentários, as notícias, os sussurros, as fofocas e os gritos. Ele ouvia o barulho das crianças, a correria, a bola que repicava na grade, que provocava uma rápida sombra, uma fugaz interrupção na luz do sol. Havia conversas e os ruídos de sempre, mas todos lhe chegavam com menos intensidade, como se alguém tivesse movido um imaginário botão que controlasse o volume de toda aquela balbúrdia. Os sons haviam ficado reduzidos, abafados. A velocidade de todos os movimentos também parecia ter diminuído. Era como se o mundo, de alguns anos para cá — quantos mesmo? Perdera a conta, desistira de controlar a passagem dos dias —, tivesse resolvido se mover mais lentamente. Uma decisão sábia, sem dúvida. Não haveria por que correr, não adiantaria. Aprendera que tudo tinha seu tempo, não adiantava investir energias em acelerações inglórias. O tempo, ele sim, era o grande e caprichoso soberano. Como um regente, comandava o andamento das vidas, dos projetos contidos em cada uma delas. Era ele, o tempo, que determinava sucessos ou fracassos. Artistas morriam pobres sem saber que, dali a alguns anos, seriam consagrados; outros, vitoriosos em vida, teriam suas obras desprezadas e ignoradas pelas gerações futuras. Nada era definitivo, aplausos consagradores e vaias retumbantes eram obrigados a reverenciar o tempo, que a tudo relativizava e que colocava todos em seu devido lugar. Um lugar, como os demais, igualmente provisório, mutante, imprevisível e incontrolável. Ninguém escaparia da ditadura administrada pelo tempo, gestor das esperanças e frustrações. Frederico intuía que seu tempo, embora corresse de uma forma mais comedida, estava prestes a se esgotar. Uma trajetória que, a cada dia, lhe cobrava um pequeno tributo. Uma dor que chegava; outra que desaparecia, alívio que costumava surgir acompanhado de alguma perda, um movimento que, até a véspera, era capaz de fazer.

    Seu espaço, quase restrito aos limites daquela cama de casal que havia muito deixara de compartilhar com Lilina, também se reduzia cada vez mais. Nos meses seguintes à grande dor, à erupção que o jogara no chão do banheiro, ainda tinha forças e ânimo para submeter-se às sessões que o obrigavam a mexer o braço e a perna, rebeldes que teimavam em resistir ao seu comando. Se dependesse dele, os deixaria quietos, imóveis, indolores. Mas quem respeita a vontade de um velho de mais de 80 anos? Era então obrigado a suportar os estímulos, a dor provocada por movimentos quase inúteis. Naquele tempo, ainda concordava em ser levado para a pequena varanda da frente de casa, tomava sol, conversava com vizinhos, admirava moças, envergonhava-se de suas limitações. Depois, passaria a resistir, gritaria, xingaria, se revoltaria. Exigiria o direito de ficar em seu canto, em sua cama. Contentava-se com pouco, com o rádio de courino vermelho ligado na MEC, com as manchas que se retorciam na tela da TV, imagens que pareciam amalgamar novelas, cantores e notícias. Atores, músicos, repórteres e autoridades se misturavam, formavam um bolo multicolorido que se projetava sobre ele. Nada parecia fazer muito sentido, não entendia o porquê de tantas aflições, angústias e medos. Na TV, corria-se, gritava-se, protestava-se. Por que razão mesmo? O que seria capaz de mobilizar aquelas pessoas? Que motivos as arrancariam da cama todos os dias, as obrigariam à higiene, ao café com leite e pão com manteiga, ao ônibus, à repartição, ao bom-dia, aos requerimentos, às reuniões, à volta para casa, ao aperto na condução, à comida requentada de todas as noites, às queixas, às mesmas dificuldades da vida? Sabia de muito pouco, ignorava até mesmo o destino de Lilina: o que teria sido feito dela, onde estaria aquela que fora sua companheira por tantos e tantos anos? Salvo algum engano, um lapso, lembrava-se de que ela ficara doente antes dele, chegara a ser internada, acabara sendo levada para o outro quarto da casa. Ainda estaria por lá? Temia perguntar, melhor não saber. Que diferença faria? Era provável que estivesse como ele, deitada, isolada, sendo obrigada a agradecer as visitas de filhos, netos e vizinhos. Eles que procuravam animá-lo, injetavam esperanças que todos sabiam serem falsas. Falavam de futebol, de uma ou outra vitória, do calor, de eleições, da chegada de um bisneto. Tanto fazia, não se importava. Não que desprezasse filhos, netos, vizinhos, bisnetos, eleições e futebol. Não que não se incomodasse com o calor. Mas aquele conjunto de informações já não fazia muito sentido. Que fossem felizes os parentes, os vizinhos, o Fluminense e os governantes eleitos. Eles que se enganassem com esperanças, com planos, com perspectivas de sucesso. Estava velho demais para isso. Falhara no principal projeto de sua vida, sabia que iria morrer sem conseguir quitar o compromisso assumido com seu pai. As partituras continuariam guardadas naquela caixa preta de madeira, ficariam a cada dia mais amareladas, o papel que sustentava as notas se tornaria mais quebradiço. Tivera o cuidado de deixar escrito um esboço de testamento, uma folha de papel pautado em ue pedia a doação de todo aquele material. Que sinfonias, óperas, recortes, fotografias e cartas sem resposta fossem fazer companhia às partituras editadas de Julio Reis. Pelo menos descansariam em paz, deixariam de ser inutilmente manuseadas, submetidas à luz implacável de copiadoras de onde saíam filhotes que acabavam tendo como destino outras gavetas ou caixas. Em breve chegaria a sua hora, não se importava. Não suportava mais as dores, a vergonha de se ver apalpado, devassado, submetido a tantos cuidados inúteis. Não tinha mais a quem enviar cartas, sequer conseguiria escrevê-las. Restara apenas o desejo de um rápido e discreto desenlace. Nada grandioso como os últimos acordes de *Vigília d'armas*. Não haveria necessidade de metais e percussão em fúria, a simular devaneios e batalhas. Sua vida não fora compatível com um *grand finale*, bastariam algumas poucas notas, num *pianissimo*. Violinos como os que, agora, neste exato momento, parecem se sobrepor ao burburinho da vila, se mostram capazes de domar o calor, de extinguir o suor de seu corpo, de diminuir a intensidade da luz que por décadas se impôs a este quarto. Sim, violinos. Não é possível identificar a melodia, a música se faz mais distante, o frio aumenta, resta apenas um fiapo de luz. As cordas abrem caminho para um delicado solo de flauta, sons doces, harmônicos, que convidam a um passeio ou ao sono. Talvez convidem para ambos, é hora de ir.

Este livro foi composto na tipologia Minion Pro
Regular, em corpo 12/17, e impresso em
papel off-white 90g/m² no Sistema Cameron da
Divisão Gráfica da Distribuidora Record.